汉译世界文学名著丛书

徒然草

〔日〕吉田兼好 著

王以铸 译

吉田兼好（よしだけんこう）

徒然草（つれづれぐさ）

据《日本古典文学大系》（第30卷，岩波书店，1958年）&
《徒然草解释》（有朋堂，1930年）译出

汉译世界文学名著丛书
出版说明

1902年，我馆筹组编译所之初，即广邀名家，如梁启超、林纾等，翻译出版外国文学名著，风靡一时；其后策划多种文学翻译系列丛书，如"说部丛书""林译小说丛书""世界文学名著""英汉对照名家小说选"等，接踵刊行，影响甚巨。从此，文学翻译成为我馆不可或缺的出版方向，百余年来，未尝间断。2021年，正值"汉译世界学术名著丛书"出版40周年之际，我馆规划出版"汉译世界文学名著丛书"，赓续传统，立足当下，面向未来，为读者系统提供世界文学佳作。

本丛书的出版主旨，大凡有三：一是不论作品所出的民族、区域、国家、语言，不论体裁所属之诗歌、小说、戏剧、散文、传记，只要是历史上确有定评的经典，皆在本丛书收录之列，力求名作无遗，诸体皆备；二是不论译者的背景、资历、出身、年龄，只要其翻译质量合乎我馆要求，皆在本丛书收录之列，力求译笔精当，抉发文心；三是不论需要何种付出，我馆必以一贯之定力与努力，长期经营，积以时日，力求成就一套完整呈现世界文学经典全貌的汉译精品丛书。我们衷心期待各界朋友推荐佳作，携稿来归，批评指教，共襄盛举。

商务印书馆编辑部

2021年8月

译 本 序[*]

《徒然草》的作者是兼好法师。他在俗的本名叫卜部兼好。关于他的生平我们知道的也十分有限。

卜部这个姓，说明他的祖先是朝廷中掌卜术的神官。一个名叫卜部兼延的人在一条帝时代（986—1011）担任神祇伯，因为受到天皇的宠信而在自己的名字里特别被赐予同天皇的名字"怀仁"的"怀"字声音相通的"兼"（kane）字。从这之后，兼延的后人的名字里就都有了兼字，并世袭了神祇伯的职务。兼延的庶流中有一个叫兼茂的，担任过神祇大副。兼茂有两个儿子：兼直和兼名。长子兼直袭父职，次子兼名官至从四位下右京大夫。兼名的儿子里有一个叫兼显的，见于《徒然草》最后一段，此人即本书作者的父亲。兼显还有两个儿子：长子是仕于南朝的大僧正慈遍，撰有《神风和记》三卷；次子兼雄，官至从五位下民部大辅。兼好是他的第三子。

兼好生于后宇多帝弘安六年，相当我国元世祖至元二十年（1283），关于他幼年时代的事情，除见于本书者外，后世几乎一

---

[*] 本序节选自《日本古代随笔选》（人民文学出版社，1988年）。

无所知。只知道他在青少年时代曾担任过禁中的泷口（守卫禁中的武士，因驻在禁中泷口而得名）。那是伏见天皇（1287—1298在位）和后伏见天皇（1298—1301在位）时期。此后，到后二条天皇（1301—1308在位）和花园天皇（1308—1318在位）时期，他经过六位藏人做到左兵卫尉，同时还在后宇多上皇的仙洞御所任北面（武士），这时他已是三十多岁的壮年男子了。他因限于出身，官职不可能很高，但是在宫中担任管总务和膳事的藏人，却是个颇有影响的职位。这使他有机会了解到很多禁中的掌故，结识了不少公卿大臣。

兼好在后宇多上皇那里担任北面时，传说一度同伊贺权守橘成忠的女儿、中宫之少弁恋爱。失恋后，他突然辞别上皇流浪到东国去。这时是三十七八岁。但这事是否真实，不得而知。

这之后只一年，上皇又把他召回。上皇这时已不甚关心政务，而是移居嵯峨的大觉寺过着悠闲的日子。兼好于是也去那里，作歌同上皇唱和，成为上皇的知友。正中元年（1324）六月，后宇多上皇死去，兼好曾作歌表达了深切的哀思。

在兼好奉召上京时，成忠的女儿已经去世了。传说兼好曾去祭扫恋人的坟墓。恋人既已去世，恋爱便最后破灭了，恩人后宇多帝也不在人世了，这时他感到人世无常，就到比叡山的横川去作了和尚，但保留了自己在俗时的名字兼好。

兼好此后好象是住在吉田的神龙院或神护寺，这就是世人也称他为吉田兼好的原因。不久他去木曾路行脚，暂时住在御坂一带，从那里又遍历了不少地方，然后返回京城，住在双冈。

后村上帝即位时（1339），兼好曾去纪州玉津岛参拜，途中访问了《吉野拾遗》的作者松翁。松翁在自己的作品里记下了这次会晤的情况，不过后来的研究者大多认为《吉野拾遗》是伪书，所以其中的记述也就很成问题了。

兼好在晚年去伊贺，在国见山下一个叫田井的村庄筑草庵居住，于观应元年（1350）四月八日（一说二月十五日）去世，终年六十八岁。传说兼好住在伊贺时，恋人少弁的父亲橘成忠也隐居在那里，并曾特意去召请他。但这也只是传说而已。

兼好生于神道家之家，出身虽不算高贵，但是有机会接触各方面的学问。他通晓佛学，自不待言，就是对我国儒家的经典，旁及老庄之学以及我国和日本的古典文学也都很有研究。他又是和歌的能手，同顿阿、庆运、净弁称四天王。从本书来看，他不但通晓禁中掌故，对弓马之术也是熟悉的。

兼好出家后，大部分时间过着行脚的生活，处境相当清苦，有时竟不得不靠织席为生。在他住在吉田时写给顿阿法师的返歌（回答的歌）中，以藏头的方式向对方索米索钱，成为国歌史上有名的故事。他身旁有两个供役使的童子：寂闲童和命松丸。命松丸是他死后手稿的一个编订者。

《徒然草》并不是作者生前手订的完整的著作，兼好本人也从未想写书传诸后世。他生前人们根本不知道他写过这样一些东西。他去世后，命松丸去服侍今川了俊，今川问起命松丸，兼好是否还有什么和歌或其他作品留下来。命松丸说倒是写过一些什么，但大多贴在墙上，还有少量在他本人手里珍藏着。今川就派命松丸去吉田的神龙院，又派自己的一个叫伊予太郎光贞的随从去伊贺的草庵进行搜集。伊予太郎光贞在伊贺只收集到和歌稿五十页。

命松丸在神龙院则收集到贴在墙上和写在经卷背面的不少随笔之类的东西。今川和命松丸把这些东西，加上从二条的侍从那里得来的，编成歌集二册（一说一册）、随笔二册。随笔的原稿无所谓书名，便仿古书的体例，取序段开头的话（つれづれ），加上草字作为书名，即《徒然草》。所谓"草"，无非是"草稿"的意思罢了。

以上的说法见于三光院实澄的《昆玉集》，而由于这后面还附有伊势贞丈的《兼好墓所图》，所以通常为人们所相信。虽然这个说法仅有这样一个依据，但人们也只好把它当作定论了。

当然，本书的读者可以提出自己的看法。比如，有的学者就认为本书的各段之间存在着十分自然的思想脉络，全书是浑然一体的一篇大文章，因此认定这是作者本来的次序，今川和命松丸不过是把它们公之于世罢了。但如果仔细阅读原书，就可以肯定这个看法是不全面的。就本书的文体而论，正如序段所说，乃是兴之所至，漫然书之，因此决不可能预先有什么统一的布局，但这并不排除其中若干段落之间存在着某些联系。它们可能是在同一时期写出的，甚至可能本来就是作为一篇写出的，编者当然要把它们放到一处，其余零散的则需要一番排比之工，故而说原稿经过他人的编订看来是没有什么问题的。至于序段，那可能是最早写的，也可能是后来忽然想到时写的，这并不能说明作者就有意把它当作提纲挈领的序文。总的看来，作为一部随笔，全书的编排还过得去，并不使人感到过分凌乱芜杂。应当指出，迄今它仍是唯一的编订本，至少据译者所知，还没有任何一位学者曾试图对它进行过新的编排。

关于本书的写作时间，因为这要涉及有关日本历史和有关典章制度的烦琐考证，所以只能作一极为简略的介绍。各家之说大都把它定在元德改元（1329年8月末）到延元四年（1339）之间。总之，此书乃是作者中年到老年期间的成熟之作，是反映了他的思想的精华的作品。

至于本书的写作地点，一般认为部分是在吉田，部分是在双冈，还有一部分是在国见山的草庵写成的。

《徒然草》传世的版本大同小异，没有什么特别不同的本子。此书一般分成流布本和正彻自笔本两个系统。这个译本主要依据《日本古典文学大系》（第30卷，岩波书店1958年版）的版本和《徒然草解释》（有朋堂1930年版）。此书的注释书甚多，而译者见到的有限，参考的也只有冢本、西尾、内海、橘诸家的几种，具体书名就不拟在这里列举了。

如前所述，本书本来并不是作者准备发表的作品，因此他无意于对读者讲话或者说教，而是一种独特形式的自白，是内心思想的一种自然流露。这就决定了本书的一些突出的特点：自然、生动、真实、朴素、深刻。特别是真实：一个人难道需要对自己讲假话吗？

正因为是这样性质的作品，所以其中的每一段都可以说是发于其不得不发，止于其不得不止。思绪所至，有时是一闪而过，记下来的只有三句两句；有时又如行云流水连绵而至，那又可能是洋洋千百言，数纸而不能尽。

《徒然草》在日本文学史上有很高的地位，这决不是偶然的。首先，我们知道作者是一位法师，书里又讲了不少有关修持的事情，但是我们如果对此书细加玩味，就会发现这书决不是一般的劝善书，而是在许多方面具有高超思想的一部作品。限于篇幅，这里只举其主要的几点。

佛教把世间一切都看成是虚妄的，人世是"火宅"，人活着这件事本身就是苦事，而佛教的目的正是使人彻底摆脱这一切，所以提出"寂灭为乐"之说。兼好则不然，他把万物的永恒的变动，看成是一个实实在在、活活泼泼的过程，并且认为世界本身的情趣正是存在于这种变动之中。他甚至用十分欣赏的心情来看待这种变动，根本不曾象佛教那样从中作出悲观的、虚无的结论。

作者并不提倡追求生活上的享受，但是他对生活的态度却是认真的、执着的。他既不妄想长生不死，更不想用极乐世界欺骗自己；他虽然没有明说世界应当是属于青年人的，但是他自己并不希望活得太久；对某些人年纪很老了，还要贪恋禄位，还要以老丑之身周旋于青年人中间，是大不以为然的。

更为有趣的是，作者对那些趋炎附势的鄙俗的僧侣十分厌恶，因而在这位法师的作品中，竟多次出现了拿僧侣开玩笑的段落。从佛教徒立场来看，兼好实在是一个十分可恶的异端。

本书的若干段落还可以说明，作者还深受儒家和老庄思想的影响。他要人们注重处世之实学，关心民间疾苦，这些都体现了儒家的积极的入世精神。另一方面，他又羡慕古之高士，要人们安于"纸衾、麻衣、一钵之食、藜藿之羹"的原始生活，这又是老庄思想的反映了。这种无力改变现实的苟安、妥协的思想，同他在其他段落中表现出来的、对宫廷上层生活的欣赏是矛盾的。

男女之间爱情的描述出现在法师的作品中也是很少见、很有趣的，但这正是本书的真实可爱之处。作者对妇女的厌恶态度实际上是他本人恋爱失败和贫苦的独身生活的一种变态反应，是一时的激愤之语，因为从其他段落来看，他对恋爱之情趣和人间的温情仍有甚深的感受，决不是一个断绝了七情六欲、变成槁木死灰的人。

在不迷信占卜、不信风水和神怪这一点上，作者的见识也是高超的。此外，作者在本书中，无论是记载典章制度、逸闻趣事、自然与人事的知识，还是对人的世俗心理的描述与分析，都表现了他对人生的各种表现和周边事物的深入细致的观察和积极、风趣的态度。作者的冷静与洒脱、淡而不俗的诙谐与机智具有高度的日本特色。他的文笔超妙而不空疏，风趣而不油滑，本书很多段落都是绝妙的小品文，使人百读不厌。

甚至可以这样说，要了解日本人的精神面貌的来龙去脉，这简直是一部小小的百科全书。自从它问世以来，所有后来的作品，无论是什么体裁，无不受它的影响。后世的作家虽然有种种仿作（如井原西鹤的《俗徒然草》、清水春流的《续徒然草》等等），但它们就思想和文笔而论，都远逊于此书。

说《徒然草》的文字受平安时期的文学杰作《源氏物语》，特别是《枕草子》的影响，这话并不错，但《徒然草》并不是拟作，而具有鲜明的个性。作者虽然在模仿平安文学作品的本领方面可以达到乱真的程度，但他却自有一种把纤丽绵密的日本古文同刚劲简洁的古汉语有机地结合起来的文体，在日本文学史上打开一个新的局面。

《枕草子》和《徒然草》两书由于作者所处时代和个人经历

不同，它们之间的区别是明显的。《枕草子》偏重直观，《徒然草》偏重思辨；《枕草子》重文学的笔法，它的文字细密蕴藉，雍容尔雅，形象也鲜明生动，令人久久难忘，《徒然草》则用刚柔相济的优美的古文写出了不少段令人信服的说理文字；《枕草子》生动感人，《徒然草》机智深刻，二者的著名段落同样能引人深思，同样能给人以丰富的精神享受。两书同样是日本乃至世界文学中当之无愧的瑰宝。

王以铸

一九八七年十一月，北京

目　录

序　段　竟日无聊…………………………………………………1
第一段　人之生于此世……………………………………………1
第二段　不记古圣代………………………………………………3
第三段　长于万事…………………………………………………3
第四段　心中不忘来世……………………………………………4
第五段　身遭不幸而忧思甚深者…………………………………4
第六段　自身尊显者………………………………………………5
第七段　若无常野露水不消………………………………………6
第八段　能迷惑世人之心者………………………………………7
第九段　妇人美发…………………………………………………7
第一〇段　住居总以安适为宜……………………………………8
第一一段　神无月之际……………………………………………10
第一二段　志同道合之友…………………………………………11
第一三段　一灯之下独坐…………………………………………11
第一四段　和歌者…………………………………………………12
第一五段　时出小游………………………………………………14
第一六段　神乐者…………………………………………………15

第一七段	山寺幽居	15
第一八段	人苟能持身简素	16
第一九段	万物因季节之嬗变	16
第二〇段	某舍世者	20
第二一段	万事无不因赏月	20
第二二段	万物唯上世	21
第二三段	当兹衰颓末世	22
第二四段	斋宫驾临野宫	23
第二五段	飞鸟川之深渊	25
第二六段	有不待风吹	26
第二七段	举行让位仪式之际	27
第二八段	若谅闇之年	28
第二九段	试静思之	28
第三〇段	世间悲痛之时	29
第三一段	飞雪之朝	30
第三二段	九月二十日顷	30
第三三段	今之大内重新营造时	31
第三四段	甲香	32
第三五段	书法拙劣者	32
第三六段	"久未过访	32
第三七段	朝夕相处素无隔阂之密友	33
第三八段	身陷名利之羁绊	33
第三九段	人或问法然上人	35
第四〇段	因幡国	35

第四一段	五月初五日于贺茂神社观赛马	36
第四二段	有唐桥中将者	37
第四三段	暮春之际	37
第四四段	陋居柴门之中	38
第四五段	从二位公世	39
第四六段	柳原之边	39
第四七段	某人赴清水途中	40
第四八段	光亲卿侍上皇为讲《最胜王经》时	40
第四九段	莫待老来	41
第五〇段	应长之际，闻有自伊势之国	42
第五一段	龟山殿御池	43
第五二段	仁和寺某法师	44
第五三段	下述之事亦闻自仁和寺之法师	44
第五四段	御室有秀美之小童	45
第五五段	修造住所，宜以度夏为主	46
第五六段	逢久别之人	47
第五七段	有谈诗歌逸话	48
第五八段	或曰："有道心	48
第五九段	凡立志成大事之人	49
第六〇段	真乘院有高德之智者	50
第六一段	宫中临产时	51
第六二段	延政门院	52
第六三段	主持后七日法事之阿阇梨	53
第六四段	或曰，乘五绪之车者	53

xiii

第六五段	或曰，近日之冠	54
第六六段	冈本之关白殿	54
第六七段	贺茂之岩本、桥本	56
第六八段	筑紫有押领使某	57
第六九段	书写上人者	58
第七〇段	元应中清暑堂游宴时	59
第七一段	闻人之名	60
第七二段	下品诸事	60
第七三段	世间传闻之事	61
第七四段	人聚居如蚁	62
第七五段	苦于无聊者	63
第七六段	世间意气薰天之权门	64
第七七段	世间有一时喧腾众口之事	64
第七八段	于当世流行之种种奇闻	64
第七九段	无论何事均作不甚了然之状	65
第八〇段	世人唯好与己不相干之事	65
第八一段	屏风、障子等	66
第八二段	或曰："薄绢之装裱	67
第八三段	竹林院入道左大臣殿	68
第八四段	法显三藏	69
第八五段	人心非纯真之物	69
第八六段	惟继中纳言	70
第八七段	饮贱人以酒	71
第八八段	有自称持小野道风	72

第八九段	或曰："深山有所谓猫股者……	73
第九〇段	大纳言法印	74
第九一段	赤舌日事	75
第九二段	有习射者	76
第九三段	或曰："有卖牛者	76
第九四段	常磐井相国	77
第九五段	或询诸精于掌故者	78
第九六段	有草名豨莶者	78
第九七段	有附着于他物	79
第九八段	曾见记高僧大德之言论	79
第九九段	堀川相国	80
第一〇〇段	久我相国	81
第一〇一段	某人于大臣亲任式时	82
第一〇二段	尹大纳言光忠入道	82
第一〇三段	大觉寺殿	83
第一〇四段	某女子幽居于人迹罕至之住所……	84
第一〇五段	家屋北侧背阳处	85
第一〇六段	高野之证空上人	86
第一〇七段	女子有所问而能应答及时……	87
第一〇八段	世无惜寸阴者	89
第一〇九段	以攀木而驰名之某男子	90
第一一〇段	双六之名手某	91
第一一一段	好围棋、双六	91
第一一二段	有自谓明日欲赴远地者	92

第一一三段	年过四十者暗中仍有好色之心	92
第一一四段	今出川之大臣殿	93
第一一五段	有地名宿河原	94
第一一六段	昔人拟定寺院之名	96
第一一七段	不宜与之为友者	96
第一一八段	或谓食鲤羹	97
第一一九段	镰仓之海有鱼名鲣	98
第一二〇段	唐物	98
第一二一段	人所饲养者	99
第一二二段	人之才能	100
第一二三段	为无益之事	101
第一二四段	是法法师	102
第一二五段	为先死者	102
第一二六段	某人曰："博弈之对手惨败	103
第一二七段	改之而无益之事	103
第一二八段	雅房大纳言者	104
第一二九段	颜回之志	105
第一三〇段	与物无所争	106
第一三一段	贫者	107
第一三二段	鸟羽之作道	107
第一三三段	天皇之寝处	108
第一三四段	高仓院之法华堂之三昧僧	109
第一三五段	有资季大纳言入道	110
第一三六段	医师笃成	112

第一三七段	花盛开	113
第一三八段	某人谓："贺茂祭既过	116
第一三九段	家中可植之树	118
第一四〇段	身死而留财	122
第一四一段	悲田院尧莲上人	122
第一四二段	视之若无情趣之人	123
第一四三段	人临终之相	124
第一四四段	栂尾之上人	125
第一四五段	御随身秦重躬	126
第一四六段	明云座主	127
第一四七段	近时人曰	127
第一四八段	四十以后之人	128
第一四九段	鹿茸不可置鼻前	128
第一五〇段	"欲习得艺能之人	129
第一五一段	某人曰	130
第一五二段	西大寺静然上人	130
第一五三段	为兼大纳言入道	131
第一五四段	此人曾避雨于东寺之门	132
第一五五段	欲顺乎世俗	133
第一五六段	大臣之大飨	134
第一五七段	执笔则欲书	135
第一五八段	某问曰："舍杯底之酒	136
第一五九段	"蜷结者	137
第一六〇段	悬挂匾额于门上	137

xvii

第一六一段	樱花盛开期	138
第一六二段	遍照寺之承仕法师	138
第一六三段	太冲之太字	139
第一六四段	世人相逢时	140
第一六五段	东国之人	140
第一六六段	试观世人相互矻矻所为之事	141
第一六七段	专于一道之人	141
第一六八段	年老之人	142
第一六九段	某人曰："所谓何事之式者	143
第一七〇段	无特殊事	143
第一七一段	为合贝之戏者	144
第一七二段	少之时	145
第一七三段	小野小町之事	146
第一七四段	善于捕捉小鹰之犬	147
第一七五段	世事多不可理喻者	147
第一七六段	黑户者	150
第一七七段	镰仓中书王	150
第一七八段	某处之诸武士	151
第一七九段	入宋沙门道眼上人	152
第一八〇段	三毬杖者	153
第一八一段	某识者云"降降粉雪	153
第一八二段	四条大纳言隆亲卿	154
第一八三段	牴人之牛	155
第一八四段	相模守时赖	155

第一八五段	城陆奥守泰盛	156
第一八六段	有骑手名吉田者	157
第一八七段	通任何一道者	157
第一八八段	有使子为法师者	158
第一八九段	今日虽思欲为某事	160
第一九〇段	妻者	161
第一九一段	谓凡物入夜即不足观之人	162
第一九二段	参拜神佛	162
第一九三段	愚者忖度他人	163
第一九四段	达人观人之眼	163
第一九五段	有过久我绳手者	164
第一九六段	东大寺之神舆	165
第一九七段	定额一词不限于诸寺之僧	166
第一九八段	非特有扬名介之称号	167
第一九九段	横川之行宣法印	167
第二〇〇段	吴竹叶细小	168
第二〇一段	退凡与下乘二卒都婆	168
第二〇二段	十月称神无月	169
第二〇三段	敕勘之所	170
第二〇四段	以笞责打犯人时	170
第二〇五段	比叡山有所谓大师劝请之起请文	171
第二〇六段	德大寺右大臣殿	172
第二〇七段	修建龟山殿	173
第二〇八段	系经文类物之纽时	174

第二〇九段	与人争田者	174
第二一〇段	或谓唤子鸟	175
第二一一段	万事皆不可恃也	175
第二一二段	秋月者	177
第二一三段	置火于御前炉中时	177
第二一四段	想夫恋之乐	178
第二一五段	平宣时朝臣	178
第二一六段	最明寺入道	179
第二一七段	某富翁有云	180
第二一八段	狐者，啮人之物也	181
第二一九段	四条黄门	182
第二二〇段	或曰："边土诸事	184
第二二一段	"建治弘安之时	185
第二二二段	竹谷之乘愿房	186
第二二三段	田鹤之大殿之称	187
第二二四段	阴阳师有宗入道	187
第二二五段	以下为多久资所述	188
第二二六段	后鸟羽院在位时	189
第二二七段	《六时礼赞》者	190
第二二八段	千本之释迦念佛	191
第二二九段	据云良工	192
第二三〇段	五条之内里	192
第二三一段	园别当入道	193
第二三二段	凡人	194

第二三三段	凡事欲求其无过	195
第二三四段	人欲问某事	195
第二三五段	无事之人	196
第二三六段	丹波有地名出云	197
第二三七段	置物于柳笥之上	198
第二三八段	御随身近友之自赞	199
第二三九段	八月十五日、九月十三日	203
第二四〇段	恋事畏为人见	204
第二四一段	望月之圆满	205
第二四二段	人生而始终	205
第二四三段	余年八岁时	206

序　段

竟日无聊①，对砚枯坐，心镜之中，琐事纷现，漫然书之，有不甚可理喻者，亦可怪也。

第一段

人之生于此世也，所求殊多。天皇之位，固已极尊，天潢贵胄，迥非凡种，亦高不可攀。摄政关白②一人之下万人之上，非可妄求，自不待言。至于一般贵人，身居宿卫，受舍人③之号，未可小视。其子孙之零落者，犹有流风余韵。等而下之，则有因各自之身分，逢时得意而傲然自视不凡者，甚无谓也。

---

① 原文つれづれ，汉字为"徒然"二字，意为"无聊"，编订者取以为全书之名，并没有特别的意思，犹如《论语》章节，亦漫取开头二字当之，如《学而》《八佾》等。

② 摄政关白，此处泛指宰相、丞相。日本过去当天皇年幼或由于其他原因不能治事时，则由摄政代理。摄政多由皇族中任命。关白，语出《汉书·霍光传》："诸事皆先关白光，然后奏御天子。"故关白为辅佐天皇的重职。摄政关白，简称"摄关"，通称"一之人"，即一人之下万人之上之意，亦即朝廷上第一人之意。

③ 舍人即守卫皇宫之人，又指天皇或皇族身边服役之人。

世间若法师①之不足羡者，鲜矣哉！清少纳言曰：人"犹如木屑"②，诚哉斯言。法师说法，诐诐一世，其势炙手可热，究有何可取？增贺上人③似有云，汲汲求名，有违佛陀教义。然而一心舍世皈教者，则甚有可羡望之处也。

容貌秀美，人所欲也。苟有所言，人皆乐闻，又非喋喋利口之辈，亦使人终日对之而无倦容。至若风采堂堂而才德不足以副之，则实令人叹惜也！

品德容貌受之于天，姑置之勿论可也。至于心术，可望日进于贤，了无止境。容貌气质之佳者，如胸无点墨而日与无品无貌之流为伍，甚至为此辈所制服，此则甚非本意所及者也。

余之所望于男子者，修身齐家之实学，善诗赋文章，通和歌管弦④之道，并精于典章制度，能为人表率，斯为至上。工书而能信笔挥洒，善歌而必中节拍，对酒苦辞不得，亦能略饮以为酬应，此于男子，皆为佳事。

---

① 和尚、僧侣通常尊称为法师。《法华经·法师品》谓法师有五种：受持、读经、诵经、解说、书写。

② 参见《枕草子》第五段《爱子出家》。

③ 增贺上人（917—1003），平安中期天台宗高僧比叡山座主慈惠之弟子，曾在比叡山仕于良源，后为冷泉上皇之内供奉，居大和多武峰，传说其人不慕名利，多奇行。上人亦为和尚之尊称，谓为上德之人。《十诵律》："人有四种，一、粗人，二、浊人，三、中间人，四、上人。"

④ 和歌是日本古代特有的一种诗歌，有广狭二义。作为广义的诗歌，包括长歌、旋头歌、佛足石体等等。作为狭义的诗歌，有"五、七、五、七、七"型的三十一个音（假名），故俗称三十一文字。管弦原指笙箫琴瑟等乐器，此处泛指音乐。

第二段

不记古圣代之政事，不知民间疾苦与邦国忧患，唯豪奢是尚，而恶居处之湫隘者，何不思之甚也！

九条殿①之遗诫中有云："始自衣冠，及于车马，随有用之，勿求美丽。"②顺德院③曾记禁中④诸事云："天皇服制，以粗制者为佳。"⑤

第三段

长于万事而不解风情之男子，犹玉卮无当⑥，甚不足取也。彷

---

① 九条殿指藤原师辅（908—960），关白忠平之子，九四七年任右大臣。
② 遗诫之语系为告诫子孙而写的，原文系汉文，全句为："始自衣冠……勿求美丽，不量己力好美物，必招嗜欲之谤。"
③ 顺德院是第八十四代的顺德天皇（1197—1242）逊位后的称呼。承久之变（1221）后左迁佐渡，故也称佐渡院。著有《八云御抄》、《禁秘抄》、歌集《顺德院御集》。院是上皇（退位后的天皇）、法皇（出了家的上皇）所居之处，后即用为上皇、法皇的尊称。
④ 禁中指皇宫内部。
⑤ 这句话引自《禁秘抄》，原文是汉文："天皇着御物，以疏为美。""疏"意为简陋。
⑥ 玉卮，玉制的酒杯，"当"指杯底。《韩非子·外储说右上》："虽有（乎）千金之玉卮，至贵而无当，漏，不可盛水，则人孰注浆哉。"

3

徨失所，霜露沾衣，既惧双亲之告诫，又畏世人之非难，惴惴不安，左右为难，乃至虽常独寝而夜不安枕，殊为有趣也。然非沉湎女色，更使女方知不可轻侮，庶为得体。

第四段

心中不忘来世①，平居不远佛道②，此实深获我心也。

第五段

身遭不幸而忧思甚深者，率尔落发皈佛，此实不足取。何如紧闭双扉，若存若亡，于一无所待之中静度流光，此则余之所望者也。显基中纳言③云，以无罪之身而思一望配所④之月，余深有同感焉！

---

① 佛教（还有其他某些宗教）认为人死后灵魂可以再投生人世，称为来世，如此投生不已，即为轮回。来世的苦乐决定于今生的所作所为。

② 佛道指佛的教诲，佛教的教义。但佛教的最高理想，不仅在于来世，实系超出轮回，得无上正等正觉，进入大彻大悟的境界。

③ 显基中纳言即权中纳言源显基（1000—1047），大纳言源俊贤之长子，后一条天皇之近臣，天皇死后他在大原出家，称圆照。

④ 配所即流放之地。按配所为罪人所居之地，今以无罪之身处之，自有超脱之感。

第六段

　　自身尊显者亦以无子嗣为佳，况碌碌之辈哉！若前中书王[①]、九条之太政大臣[②]、花园之左大臣[③]皆愿及身绝嗣。染殿之大臣[④]亦云："无子孙乃大佳事。有子孙而不肖则可悲已！"语见世继翁之故事[⑤]。昔圣德太子[⑥]修造御墓时亦云："此处应断，彼处应切，欲

[①] 中书王指醍醐天皇之皇子兼明亲王（914—987），亲王任中务卿，长于诗文。按唐朝之中书即此处之中务，故中务卿又称中书王。所谓前中书王系对村上天皇的皇子具平亲王而言，因为他也担任过中务卿，通称后中书王。

[②] 九条之太政大臣指藤原伊通（1093—1165），官至太政大臣。有两个儿子，均死在他前面。一说指关白藤原教通之子信长，信长曾任内大臣、太政大臣。

[③] 花园之左大臣指源有仁（1103—1147），后三条天皇之孙，辅仁亲王之子，历仕鸟羽、崇德、近卫三朝，保延二年任左大臣。因其官邸在花园，故称花园之左大臣。

[④] 染殿之大臣指藤原良房（804—872），冬嗣之子、清和天皇之外祖父、染殿后之父，历仕淳和、仁明、文德、清和四朝，曾任太政大臣、摄政，因其邸宅称染殿，故称染殿之大臣。

[⑤] 世继翁之故事指《大镜》一书，《大镜》又名《世继物语》。此书内容系假托一个名叫大宅世继翁的老人和另一个名叫夏山繁树的老人所讲的话，但这里所引的原话不见于《大镜》一书，只此书卷二有些地方和这里的话相似，显系因作者记忆不确所致。

[⑥] 圣德太子（574—622），用明天皇之长子，以推古天皇皇太子的身份摄政，其子孙全部为苏我入鹿所灭。他是飞鸟文化的中心人物，大力宣扬佛教，又是大化改新的先驱。

令绝子孙之后。"①

第七段

若无常野②露水不消，鸟部山③云烟常住，而人生于世亦得不老不死，则万物之情趣安在？世间万物无常④，唯此方为妙事耳！

观夫受命于天之生物，其生命未有长于人者。若蜉蝣之朝生而夕死者有之⑤，若夏蝉之不知春秋者有之⑥。以舒缓之心度日，则一年亦觉悠悠无尽；以贪著之心度日，纵千年之久，更何异一夜之梦！于不得常住之世，而待老丑之必至，果何为哉！寿则多辱⑦。至迟四十以前合当瞑目，此诚佳事也。

过此则了无自惭形秽之心，唯思于人前抛头露面，且于夕阳

---

① 按此语原文（汉文）见于《圣德太子传历》："推古天皇二十六年，太子四十七岁，冬十二月，太子命驾科长（地名——引者）墓所，监造墓者，直入墓内，四望谓左右云：'此处必断，彼处必切，欲令应绝子孙之后。'"切断墓道以绝子孙是古时堪舆家的迷信说法。
② 无常野在山城县嵯峨野深处爱宕山的山麓处，为埋葬死者的地方。
③ 鸟部山为京都近郊东山阿弥陀峰下之鸟部野，这里有火葬场。
④ 无常为佛教用语，梵语之译名，指万事万物无时不刻不在生成、变动、消失之中，不能常住。
⑤ 《淮南子·说林训》："蜉蝣朝生而暮死，而尽其乐。"
⑥ 《庄子·逍遥游》："朝菌不知晦朔，蟪蛄不知春秋，此小年也。"
⑦ 《庄子·天地》："多男子则多惧，富则多事，寿则多辱。是三者，非所以养德也，故辞。"

6

之日，贪爱子孙①，更望能及身见彼等之荣达，一味执着于世俗名利，而于万类情趣一无所知，思之实可悲可厌也！

第八段

能迷惑世人之心者无如色欲②。愚哉人心！夫人虽知香非常有，只暂时薰附于衣裳之上者，然此难以名状之香必使心中忐忑不已。昔久米之仙人见浣女足胫洁白而失其神通力③。盖手足之肌肤丰艳如凝脂，此乃肉身本来色相，其为惑宜也④！

第九段

妇人美发，至引人瞩目⑤。至于其人品气质云云，纵非对面，

---

① 旧注引白居易诗："朝露贪名利，夕阳爱子孙。"（原句疑为"夕阳忧子孙"。——编者注）
② 色欲是人的本能，但佛教则斥之为五欲（财、色、饮食、名、睡眠）之一，认为它是迷惑人的自性的东西。
③ 《元亨释书》（十八）："久米仙人，和州上郡人。入深山学仙法，食松叶，服薜荔，一旦腾空，飞过故里，会妇人以足踏浣衣，其胫甚白，忽生染心（好色之心——引者），即时坠落。"
④ 旧注引《白氏文集·新乐府》诗句："古冢狐，妖且老，化为妇人颜色好……见者十人八九迷，假色迷人犹若是，真色迷人应过此。"
⑤ 日本在平安时期，非常重视妇女头发之美，乃至称为美人之第一相。

聆其数语亦能知之。凡诸妇人，苟有所为，常使男子心荡神移，然妇人恒亦寝不安枕，乃至不惜以身自荐，甘为不堪之事，此皆心怀色欲故也。

夫爱着之道①，实根深而源远。六尘②之乐欲③虽多，皆可离弃。就中唯爱着之惑难断，老幼智愚莫不皆然。

是故以妇人之发为纲，则大象能系④，以妇女之屐削而为笛，撅之则秋鹿毕至⑤。自惟应戒慎恐惧者，即此惑也。

第一〇段

住居总以安适为宜，虽如逆旅，但仍有其情趣也。

高人静息之所，月光流入，别有一番沁人心脾之力。非若当代流风，唯尚俗恶，甚无可取。唯古木成行，庭草不修，颇饶野

---

① 爱着译自梵语，系佛教用语，一般指对妻子财宝之依恋，亦译爱执、爱染、爱欲。此处则指男女间之爱情。

② 佛教认为色、声、香、味、触、法通过六根，即眼、耳、鼻、舌、身、意进入身内，污染众生的纯真本性，所以叫六尘，而佛教徒正是要通过修行，而做到"六尘不染"。

③ 乐欲也是佛教用语，指人的爱好、嗜好、愿望等等。

④ 日本旧注多引《大威德陀罗尼经》（第十九）："一切女人为不除欲，乃至以女人发为作纲维，香象能系，况丈夫辈。"但僧盘察《温故要略》则谓《大威德经》并无此句，而引东晋昙无兰所译《五苦章句经》："佛言：有大白象，力壮移山，坏地为涧，拔树碎石，象力无双，有人以发绊系其脚，象为之躄，不能复动。"

⑤ 据《野槌》所记："据某云，近代三河国安部山有人赴京，取名妓之屐以归，削以为笛，入阿部山吹之，而群鹿毕集，则此笛优于一般之屐所制之笛也。"

趣焉。篱垣之类亦当景色动人。至若常用之物，均应古意盎然，毫无造作之气，始足以发人雅兴。

若夫唐土与日本之器物纷然杂陈，皆百工尽心磨造之物，备极精巧；乃至庭前草木，亦无不挠其本性，横加摧残，望之令人不快，甚为可厌！如此等地，岂堪常住！况余每一睹此，自忖焉知此不于瞬间与烟火同归于尽耶？！

概言之，见住居之情状，即可知主人之人品气质也。

后德大寺之大臣①于寝殿②张绳以防鸢。西行③见而问曰："鸢来何碍？此公心胸竟若是乎！"闻此后遂不复至。绫小路之宫所居之小坂殿④之栋亦曾张绳。余因忆及西行之事。殿中人曰："乌集池上⑤啄蛙以为食，亲王见而悯之！"此则又为大佳事，德大寺之所为或有故亦未可知也。

---

① 后德大寺之大臣指左大臣藤原实定（1139—1191），右大臣公能之子。按德大寺为祖父实能所建，故实能称德大寺左大臣，实定因称后德大寺。实定工于歌，为《新古今集》代表歌人之一，出家后称如圆。《古今著闻集·宿执第二十三》："西行法师出家前，为德大寺左大臣家人，彼于多年修行之后……复来后德大寺处，先自门外观其内部，见有绳张于寝殿之栋，方诧异间，试询诸他人，则答曰系为防鸢而设者。夫鸢有何害，而致如此，遂怏然而返。"
② 寝殿一般指贵族邸宅之正房。
③ 西行法师（1118—1190），法名圆位，后改为西行，原名佐藤义清，为平安镰仓间著名歌僧，初任后鸟羽院之北面（武士），二十三岁出家，有歌集《山家集》行世。
④ 绫小路之宫即龟山天皇之皇子性惠法亲王，因居京都绫小路尽头之妙法院（属天台宗），故称绫小路之宫。小坂殿为妙法院之别名。
⑤ 有的旧注认为是集于宫殿的屋顶上。

第一一段

  神无月之际^①过名栗栖野^②之地访某山村。循多苔之小径行甚久，山村深处始寂然一庵在焉。落叶之下筧^③中流水，泠然可听，此外则阒无他音。菊花红叶等散落净水板^④上，乃知此地仍有人居住也。

  因思如此陋居竟亦能居住，不禁感从中来。又见前方庭园有巨柑一株，结实累累，唯树之四周绕以篱栅，戒备森严，略觉扫兴耳^⑤。然如无此树，或庶几焉。

---

  ① 神无月指阴历十月，时当初冬。一说十月为神尝新谷之月，故称神尝月，因日语读音相近，略而为神无月。一说此月诸神集于出云，故曰神无月。总之，尚无定说。

  ② 一般认为即今京都市东山区所属旧山科村，原宇治郡醍醐附近。

  ③ 筧系引水竹管，有架高者，称为"悬樋"；有埋于地下者，称为"埋樋"。

  ④ 原文"阏伽棚"指放置供佛用净水之木板或木架。阏伽为梵语的音译，意为净水。菊花红叶当为折来插入净水瓶中以供佛者。

  ⑤ 此处可比较杜甫因友人吴郎在枣树四周设篱笆而写给他的诗："堂前扑枣任西邻，无食无儿一妇人。不为困穷宁有此？只缘恐惧转须亲。即防远客虽多事，便插疏篱却甚真。已诉征求贫到骨，正思戎马泪盈巾。"李商隐认为花间喝道为杀风景，也是这个意思，因为自然的野趣被破坏了。

第一二段

志同道合之友从容交谈，无论所谈为有趣之事抑或世间琐事，皆得相与披肝沥胆，诚乐事也！

唯此等人至不易得，若于对谈者之意见了无异议，则与一人独坐何异？！

吾人交谈时，有完全倾倒于对方意见之友，亦有意见略相左，口称"余之设想则不如是"而加以争论，并谓"唯其如是，故余之意见如是"云云者。余意此可慰无聊之心情。有于世情略有不满而与余之所思相径庭者，亦可稍慰寂寥，然终究两心悬隔，意有未足，与面对知友不同也。

第一三段

一灯之下独坐翻书，如与古人为友，乐何如之！书籍云云，《文选》[①]诸卷皆富于情趣之作，此外如《白氏文集》[②]、老子之

---

① 《文选》指我国梁武帝之子昭明太子萧统编选的文集，包括周末至齐、梁的诗文，共六十卷。

② 唐诗人白居易的诗文在日本特别受欢迎。《文集》的正式名称是《白氏长庆集》，全书七十一卷。

言①、南华诸篇②并皆佳妙。我国上世博士③等之著述亦多高妙者④。

第一四段

和歌者终不失为富于情趣之物也。山野贱事一经吟咏亦别有味。乃至可憎之猪一经咏为"卧猪之床"⑤即有雅驯之感。

近世和歌，读来虽亦有略能发人感兴处，然终觉不若古歌之多言外情趣也。

---

① 老子之言即老子的《道德经》。
② 南华诸篇即《庄子》。唐玄宗封庄子为南华真人，故他的作品又名《南华真经》。
③ 博士在日本过去是官名，此处泛指学者。
④ 这里所说的作品特指《怀风集》（日本最早的汉诗集，集天智天皇时代至奈良时代六十四人的汉诗百二十篇）、《经国集》（平安时代按照淳和天皇的命令编集的诗文集，体裁仿照《文选》，二十卷，时代自文武天皇庆云四年至淳和天皇天长四年，现存六卷）、《本朝文粹》（平安中期汉文集，十四卷，藤原明衡编，自嵯峨天皇弘仁年间至一条天皇长元年间，体裁也仿照《文选》，分三十九类）、《续本朝文粹》（传为藤原季纲编，书成于近卫天皇时，内收一条天皇迄崇德天皇时汉文二百二十九篇，诗四篇）、《文华秀丽集》（汉诗集三卷，收嵯峨天皇等二十八人之诗百四十八篇，书成于嵯峨天皇时代，藤原冬嗣等人奉敕编）。
⑤ 卧猪之床，床原指地板，此处指铺开的一层干草作为猪的卧处。

贯之①"把丝搓到一起就不细了"②之歌，传为《古今集》中之歌屑③，然今世吟咏家能臻此者复有几人！当时之歌，无论体式与词句类此者实甚多也，然何以只限此歌，谓之歌屑，实不可解。《源氏物语》亦有"ものとはなしに"之语④。《新古今》中"连留在山峰上的松树都显得寂寞了"⑤一歌亦称歌屑，则确有琐碎之感。但此歌于集体评判⑥时却定为佳作，后更蒙褒奖之典，事具载家长之日记⑦。

---

① 贯之即纪贯之（约848—约945），《古今集》即《古今和歌集》撰者之一，平安前期歌人、文章家，号称三十六歌仙之一，仕于醍醐、朱雀两天皇，著有家集《贯之集》《土佐日记》《新撰和歌》等。《古今和歌集》为醍醐天皇敕撰的和歌集，成书于延喜五年（905），撰者除纪贯之外，尚有躬恒、友则、忠岑等。

② 原文作"糸による物ならなくに"。此歌原载《古今和歌集》羁旅歌之部，全歌大意是："把丝搓到一起就不细了，可是一个人走在离别的路上，却感到心细呢。"译者按，"心细"一词的"细"字双关，"心细"一词有不安、寂寞之意。

③ 歌屑指和歌中的坏作品。

④ 《源氏物语》是平安时代紫式部所著以宫廷生活为中心的长篇小说，书成于十一世纪初，共五十四帖。这里引的话见于《总角》，但引纪贯之的这话时把"物ならなくに"改为"ものとはなしに"了。其实"物ならなくに"的说法不限于纪贯之的作品，是个常见的词，改为"ものとはなしに"也不见得怎么特别高明。

⑤ 《新古今》即《新古今和歌集》，是后鸟羽天皇敕撰的第八部和歌集，成书于元久二年（1205），二十卷，撰者有源通具、藤原有家、藤原定家、藤原家隆、藤原雅经等人。此句见于该书冬歌之部，祝部成茂作。全歌大意是："到了冬天，山上的树叶落了，连留在山峰上的松树都显得寂寞了。"

⑥ 原文"众议判"谓歌会时不特别推举评判人，而由担任选歌的和歌名家于和歌所集会共同加以评定。

⑦ 家长即源家长（？—约1234），镰仓时代歌人，仕于鸟羽天皇之和歌所，任开阁（次官）。他从建久年间开始记日记，记述十二年间有关《新古今和歌集》诸事。

和歌之道虽云与古无异，然今人相互吟咏之相同歌词、歌枕①却与古人所咏者迥异。古人之作平易自然，格调清新，感人亦深。

《梁尘秘抄》②中郢曲③之歌词，亦多饶情趣之作。昔人纵随口吟咏之词句，聆之亦均觉有味。

第一五段

时出小游，无论何地，均足以一新耳目。乃于彼处，漫步四眺，于田舍山村等，必能多见新颖之事。若有上京便人，则可托送书信，告以"此事彼事便中务祈办妥"云云，实有趣也。

于此等地，万事皆足以惹人情趣，乃至随手用具，其佳者望之亦更觉生色。才艺之士与风度翩翩者，莫不较寻常更加兴味盎然。

或只身潜入寺社等处参拜，亦有趣也。

---

① 歌枕指和歌中吟咏的各地名胜，此处当指歌中吟咏的对象、素材。

② 据《八云御抄》，《梁尘秘抄》为后白河院撰集，收集了平安末期神乐、催马乐之类的歌谣。"梁尘"一词出刘向《别录》："汉兴以来，善歌者鲁人虞公发声清晨，歌动梁尘，受学者莫能及也。"

③ 郢曲一语源出《文选·宋玉对楚王问》："客有歌于郢中者，其为阳春白雪，国中属而和者数十人，是其曲弥高，其和弥寡。"其义原指楚歌，此处则泛指歌谣。

第一六段

　　神乐①者，高雅而又富于情趣之物也。概言之，器乐以笛与笙篥②为佳，而常欲欣赏者则琵琶与和琴③是也。

第一七段

　　山寺幽居，一心向佛，岂但无烦闷之思，且心中诸浊④亦得澄清也。

---

　　① 一般指在神前演奏的音乐。这里特指宫中内侍所的御神乐。这种神乐于每年十二月之吉日演奏，由笛、笙篥、和琴合奏，并持笏板打拍子以歌舞。又天皇即位时亦在清暑堂奏神乐，奏乐者七人，歌者十五人，舞者一人。一般神社之神乐大多也以此为准。
　　② 自中国传入的一种竖笛，九孔，用于雅乐。《御览·乐部》引《通典》："笙篥，本名悲篥，出于胡中，其声悲。"
　　③ 和琴是日本原有的一种六弦琴，琴体多用桐木制作，长约六尺三寸，宽约五寸，用水牛角制的拨子弹奏，多用于神乐，又名六弦琴、鸥尾琴、倭琴或东琴。
　　④ 佛教认为妨碍人们开悟的烦恼、贪欲、嗔恚、愚痴、邪念、妄执等等都叫浊。

第一八段

人苟能持身简素，去骄奢，拒财货，不贪浮生利欲，是诚大佳事。自古以来，贤人而富有者盖鲜①。

唐土有许由②者，一无身外之物，人见彼以手捧水而饮，乃遗以一瓢。时或系之树上，则风吹之作声，尚以为烦，遂弃而不用，仍以手捧水饮之。其心中何其清也！

又有孙晨③者，冬月无被，唯藁一束，暮卧朝收。唐土之人以为高士，载之书传以传世。然此等人若生于我国，必湮灭无闻乃已。

第一九段

万物因季节之嬗变而靡不具有各自之情趣焉。

---

① 《孟子·滕文公上》："为富不仁矣。"

② 许由为我国传说中上古之高士，尧让之以天下，不受。晋皇甫谧《逸士传》："许由隐箕山，以手捧水饮之，人遗一瓢，得以取饮，饮讫挂于树上，风吹历历作声，尚以为烦，遂去之。"

③ 唐李瀚《蒙求》中《孙晨藁席》条注："《三辅决录》云，孙晨字元公，家贫织席为业，明诗书，为京兆功曹，冬月无被，有藁一束，暮卧朝收。"

人皆曰事物之情趣以秋为胜①，是言甚确。然而能使心潮浮动者却无过于春之景色。鸟语等亦特有春意。煦煦阳光之下，墙根幼草萌动，春意渐深矣。天际霞光映照，花亦含苞待放，然一逢风雨连绵之日，花即匆匆散落。此后迄绿叶丛生，则为触物而心生烦恼之时。花橘固已有怀旧之名②，而梅香亦足以发思古之趣，动人恋情也。更有棣棠③之艳丽，藤之柔弱无依，此等令人难忘之物实多。

灌佛日④与祭日⑤时，幼叶之嫩枝欣欣向荣，予人清凉之感。或谓世间情趣与人之恋心此时益浓，诚非虚语。五月，插菖蒲以

---

① 世界文学作品中大多扬春而抑秋，但在日本古典文学作品（如《万叶集》《拾遗和歌集》《源氏物语》等）中扬秋而抑春者独多，这就是作者这里的论点的依据。我国亦有认为秋天胜过春天者，如刘禹锡诗句："自古逢秋悲寂寥，我言秋日胜春朝。"

② 花橘即柑子，因其花为人所欣赏故谓之花橘。关于怀旧之名一点，参见《古今和歌集》中如下之歌："闻到直至五月才开放的橘花的香气，就想到过去恋人衣袖上的香味。"

③ 棣棠，日语叫"山吹"，是在山野野生的一种蔷薇科落叶灌木，茎绿色，中心有白色柔软之髓，自根处多株丛生，高约一公尺，每到春天在枝顶开五瓣的黄花。

④ 灌佛日又叫佛会日，指农历四月初八日释迦牟尼佛诞日的法会。传说佛诞生时天龙下世普降甘露，故各寺于该日煎甘茶以供佛并把供佛的香水洒到佛像上去。

⑤ 祭日指农历四月中酉日举行的贺茂祭。在这一天里，冠、牛车、看台之帘均饰以葵花，故又称葵祭。因这是一个重大祭日，故一般凡称祭日即指贺茂祭，犹日人单称花时，即指樱花。

驱邪[①], 移稻之早苗, 水鸡[②]作鸣如叩门声, 均足以令人心动。

六月, 贫家之夕颜[③]之花开作白色并燃起驱蚊之火, 亦有味。六月末之大祓[④]亦有意趣也。

七夕之祭[⑤]实为优雅。夜渐转寒, 鸣雁飞来, 斯时也荻之下叶转黄, 早稻田之收割与晒干等事一一毕来, 唯秋为多也。晚秋劲风之朝殊有趣。此等情景于《源氏物语》《枕草子》等书中早已言及, 然相同之事亦非不可重述者。涌上心头之事闭口不言即感腹中闷胀, 故信笔书之。然此本应随手散弃之物, 不足持以示人也。

冬枯之景色[⑥]几不劣于秋色。朝来红叶散落于水边草上, 霜色甚白, 此时园中流水之上, 寒烟荡漾, 殊多意趣。年终将届, 人

---

① 菖蒲为菖蒲科多年生草本, 每年生六十厘米左右长的剑状叶数茎, 花梗生自叶间, 五六月间顶端生白色或紫色花, 多用于观赏。农历五月初五, 各家例采菖蒲叶插于屋檐以驱邪。我国古来有端午节以菖蒲浸药酒以避瘟疫的习俗, 应为日本此俗之所本。

② 水鸡又叫秧鸡, 属鹤目水鸡科。

③ 夕颜即葫芦花, 原产热带的一年生蔓草, 叶肾形, 夏夜开五瓣白花, 早上即蔫萎。《源氏物语》就有开白花的叫夕颜……并开在贫家的墙根之类的话, 似为这里的依据。

④ 大祓指农历六月三十日, 即夏天的最后一日(过去还包括十二月的最后一日)举行的神事, 用以祓除人们的罪过。大祓是重大的神事活动, 多在神社或水边举行。

⑤ 七夕之祭为自中国传入日本的古俗。指农历七月七日夜为纪念牛郎织女二星每年一度在天河的相会而举行的祭仪。按《荆楚岁时记》:"七月七日为牵牛织女聚会之夜, 是夕, 人家妇女结彩缕, 穿七孔针, 或以金银鍮石为针, 陈几筵酒脯瓜果于庭中以乞巧, 有喜子网瓜上, 则以为符应。"日人称织女牛郎为棚机津女和彦星。七夕是日本少年男女喜爱的祭日。

⑥ 冬枯之景色指冬天草木枯萎之荒凉景色。

皆忙于备置，令人深有所感。

二十日既过，月不当令，故无可观赏者，然寒空澄净，使人有寂寞之感。

佛名会①、祭陵使②诸行事，并皆有意趣且使人生崇敬之念。是时也，朝政繁忙，又须兼备新春诸事，实非易易。追傩之仪式③随之元日早朝之四方拜④并皆至为有趣也。

除夜极暗之中，众人于午夜前持松枝火把到处叩门狂呼，急行如足不履地，果何事耶？然翌日破晓后即阒然无声，唯旧年余味尚萦怀于心，思之怃然！除夜原为祭奠亡灵之时，然都中此际已无此风俗，唯关东尚有行之者，是亦为惹人情趣之行事。元日晴空，景色初无异于昨日，然感觉迥乎不同，是为可怪也。都中通衢一望，门松⑤迤逦，生意盎然，心甚悦之，诚有味也。

---

① 佛名会是农历十二月十九日到二十一日三夜（最初是十五到十七日）在宫中举行的佛事，会上念诵过去、现在、未来三世三千佛名号，以消除罪障。

② 祭陵使指朝廷在十二月的吉日，遣使将各地贡物选送皇室陵墓以为祭奠。

③ 追傩是除夕夜宫中驱除一年中疫鬼的仪式。宫中近侍以桃木弓和苇箭射鬼。民间则在夜间以炒豆驱鬼，口中还要念诵着"福进来，鬼出去"之类的话。

④ 四方拜指元日早上天皇亲自拜天地四方以息灾祈福的仪式。四方拜和驱鬼的仪式几乎是紧接在一起举行的。

⑤ 日本人过元旦时在门口摆一棵栽在盆里的松树，或用松枝做装饰，谓之门松。

第二〇段

某舍世者①云："余于此世已无羁绊可言，唯于节序之推移未能忘情耳！"余深韪其言。

第二一段

万事无不因赏月而更能增其感兴。人有云："未有若月之富于情趣者也！"或驳之，曰："情趣盎然者，其唯露乎！"此等争辩甚为有味。然因境会之不同，万物莫不有其本来之情趣也。

月、花，固无论已。虽风，亦自有动人心弦之处。若夫岩边激荡之清流，更无时不发人清兴。余记有诗句云："沅湘日夜东流去，不为愁人住少时。"②意境深远之作也。嵇康亦云："游山泽，观鱼鸟，心甚乐之。"③盖徜徉于水清草茂，人迹罕至之处，赏心乐事孰有过于此者！

---

① 舍世者即出家人、僧侣。
② 唐戴叔伦《湘南即事》："卢橘花开枫叶衰，出门何处望京师。沅湘日夜东流去，不为愁人住少时。"
③ 嵇康（224—263），字叔夜，三国时魏人，好老庄之书，工书画、善鼓琴，任中散大夫，故世称嵇中散；为竹林七贤之一，钟会谮之于司马昭，遂为所害。这里的引文见于他的《与山巨源绝交书》。

第二二段

万物唯上世为可慕，当代者则卑不足道也。观夫当时木工制作之精美，即可领会古代之风趣。

至于书翰文章，虽故纸残篇并皆可观。口头用词至今亦渐觉无味。古语"車もたげよ"①"火かかげよ"②，于今则为"もてあげよ"③"かきあげよ"④。主殿寮之"人数たて"⑤说法甚佳，今则曰："たちあかししろくせよ"⑥。最胜讲⑦时天皇听讲之所为"御讲之庐"，而今则略为"讲庐"，故耆宿皆以为憾。

---

① 意为"把车（一般指牛车）举起来"。
② 意为"拨火（使旺）"。
③ 意为"抬起来"。
④ 意为"通（火）"或"拨（火）"。
⑤ 主殿寮为宫内省五寮之一，掌舆辇、洒扫、汤沐、薪炭、灯烛、庭燎诸事。"人数たて"为命有司众人集合以准备火把照明（供夜间行幸或节会之用）的用语。
⑥ 意为"把火把点起来"。
⑦ 最胜讲指宫中五月间在清凉殿开讲《金光明最胜王经》的法令。法会共五日，用以祈求皇祚无穷、国家安宁。按《金光明最胜王经》，共四卷，北凉昙无谶译。

第二三段

当兹衰颓末世,唯九重①之中,肃穆森严,无世俗流习,诚盛事也。

露台②、朝饷③、某殿、某门等等聆之甚雅。卑贱之所常用之名,诸如小蔀④、小板敷⑤、高遣户⑥等等,苟用之于宫中,聆之反更有味也。

"陣に夜のまうけせよ"⑦一语甚雅。于天子之寝殿则曰"かいともしとうよ"⑧,此语亦佳。上卿于"阵"处理事物之情状固无论

---

① 九重指皇宫。《楚辞·九辩》:"岂不郁陶而思君兮,君之门以九重。"据日本古注:"五簪云,天子之门有九,谓关门、远郊门、近郊门、城门、皋门、库门、雉门、应门、路门,象天有九重。"此种说法盖出自《礼·月令》"毋出九门"之郑注。
② 露台指宫中紫宸殿与仁寿殿之间用木板搭的露天的台。
③ 朝饷为清凉殿中天子朝食之所,全称"朝饷之间"。
④ 小蔀指清凉殿东南角壁上小窗,分上下两部分,上半部为活动的格子,可以吊起或放下,称为蔀,用以遮挡阳光。天子可以从这里看到殿内,故《禁秘抄》云:"殿上六间有小蔀,主上览殿上所也,御物忌之时下之。"
⑤ 小板敷指清凉殿南阶殿边缘用小木板搭成的部分。
⑥ 高遣户即高的遣户。所谓遣户犹如今天日本的障子,即可以左右开阖的隔扇。在清凉殿西南角的廊下。
⑦ 意为"请于'阵'处设灯火"。按"阵"(也叫"阵之座")为诸卿在节会时之坐处,在清凉殿前,紫宸殿西。
⑧ 意为"请速掌灯"。かいともし指寝殿四隅之灯笼。此为高级女官催促下级女官之用词。

已，诸司下寮执行公务驾轻就熟作自得状，亦有趣也。彼辈于如此寒夜，终夜随处而眠，实为有趣。德大寺之太政大臣①曰："内侍所之铃音②，备极优雅可听也。"

第二四段

斋宫③驾临野宫④时之风度，至为优雅有趣。因讳言"经""佛"诸词而称为"中子"⑤"染纸"⑥亦有趣也。

凡诸神社⑦并皆为令人难忘之优雅之所。古色苍然之森林景色

---

① 德大寺之太政大臣指藤原公孝（1253—1305），太政大臣实基之子。旧注多认为指他的父亲实基。

② 内侍所又称贤所，为奉安八咫镜之别殿（在温明殿），为内侍守护之所。内侍所于天子拜神时奏神乐，女官引铃而鸣（这里所藏之古铃，今仍为日本国宝）。

③ 有的本子汉字为"斋王"。斋宫为奉仕于伊势神宫之未婚皇女（内亲王），原居伊势国多气郡之斋宫，故以此为皇女之敬称。皇女奉祀神宫，多于天皇即位时指定，让位或死去时即去职。

④ 野宫为斋宫赴伊势前斋戒之所，在此斋戒一年。野宫在山城嵯峨之有栖川。

⑤ 中子喻佛，说法甚多。一说中子指心，佛教讲万法从心而起，故有此喻；一说佛像藏于厨中，故称中子；一说佛像在佛堂中央，故曰中子。

⑥ 佛经多用黄纸，故称染纸。《延喜式·第五》："斋宫忌词，内七言。佛称中子，经称染纸，塔称阿良良木，寺称瓦葺，僧称发长，尼称女发长，斋称片膳；外十言，死称奈保留，病称夜须美，哭称盐垂，血称阿世，打称抚，肉称菌，墓称壤……"

⑦ 神社是奉祀诸神、皇室祖先和国家功臣的庙宇。

迥非寻常，又有玉垣①环绕，而木棉垂于神木之上②如此等等，实属壮观。

神社之殊胜者：伊势③、贺茂④、春日⑤、平野⑥、住吉⑦、三轮⑧、贵船⑨、吉田⑩、大原野⑪、松之尾⑫、梅之宫⑬是也。

---

① 玉垣即围墙，玉系一种美称。我国亦有玉音、玉趾的说法。
② 神木指神社界内的常绿树木。木棉系用楮的纤维织成的布。这种布的细条挂到树上以为装饰。后世则以纸代之。
③ 伊势指伊势神宫，为位于三重县伊势市之皇室神社，分皇大神宫（内宫）与丰受大神宫（外宫）两部分。
④ 贺茂指京都上贺茂与下贺茂两神社。
⑤ 春日指奈良春日野町的春日神社，分四殿，建于神护景云二年（768）。
⑥ 平野指京都上京区平野宫本町之平野神社。
⑦ 住吉指大阪市住吉区之住吉神社。
⑧ 三轮指奈良县三轮山之大神神社。
⑨ 贵船指京都市左京区鞍马之贵船神社。
⑩ 吉田指京都市左京区吉田神乐冈町之吉田神社。
⑪ 大原野指京都市大原野村之大原野神社。所谓二十二社之一。二十二社是日本中古最有名的二十二神社，这里所举神社即多在二十二社之内。二十二社是：伊势、石清水、贺茂、松尾、平野、稻荷、春日、大原野、大神、石上、大和、广濑、龙田、住吉、日吉、梅宫、吉田、广田、祇园、北野、丹生、贵船。
⑫ 松之尾指京都府舞鹤市松尾地方真言宗醍醐派的松之尾寺，庆云年间威光上人所建。
⑬ 梅之宫指京都市右京区之梅之宫神社。按贵船以下诸神社均在京都近郊。

第二五段

飞鸟川①之深渊与浅滩变易不定，世之无常亦若是也。时移事易，乐尽悲来；华馆春风化作荒郊野外，或屋庐依旧，而主人已非畴昔。桃李无言，孰可与语囊昔者？况远古高贵之遗迹，又实若浮云朝露耶！

京极殿②、法成寺③诸所，一见即深感其志徒存而其事已非！诸所为御堂殿④精心构筑，为此贡献之庄园甚多。当时彼意唯我一族，贵为天子摄政，又为世之重镇，则此殿必当垂之永久，讵料后世竟荒废若此哉！大门、金堂⑤虽近世犹存，然正和⑥之际，南门被焚。后金堂倾圮，亦未能再建。唯无量寿院⑦尚有昔日之盛。

---

① 飞鸟川为奈良县高市郡之河流，过去因水流湍急，故深浅之处变化很大，在和歌中此川即以变易不定的河流著称。

② 京极殿为关白藤原道长（966—1027）出家前之官邸，在京都东端京极之西南，土御门之南。道长死后，此殿于长久元年（1040）焚毁。

③ 法成寺为道长所建，寺位于京极殿之东，治安二年（1022）落成。

④ 御堂殿即藤原道长。平安时代中期的廷臣，出家后居法成寺，通称"御堂关白"。道长出家前任太政大臣，有日记《御堂关白记》传世。

⑤ 金堂即本堂、正殿。

⑥ 正和为花园天皇年号（1312—1317）。

⑦ 无量寿院即法成寺之阿弥陀堂，在金堂之西。无量寿为梵语阿弥陀的意译。无量寿佛即阿弥陀佛，简称弥陀佛。

丈六之佛九尊并列。行成大纳言①所书之额，兼行②所书之扉迄今仍灿然具在。法华堂③等今似尚在，何时废毁亦尚难预卜也。尚有残址，其遗存非若是之多，唯基石尚在，亦无人确知当年此处为何地矣！由是观之，过虑身后诸事，甚不智也。

第二六段

　　有不待风吹而自行散落者，人心之花是也。忆昔伊人之深情挚语，一一了无遗忘，而其人则成路人矣！其悲盖过于死别焉！
　　故有见染丝而悲者，有见逵路而泣者④。堀川院百首⑤之歌中有云：

　　旧地情深我又来，
　　伊人不见此心哀。

---

　　①　藤原行成（972—1027），平安时代著名书法家，任权大纳言，多才多艺，与小野道风、藤原佐理并称三迹；又与俊贤、公任、齐信共称四纳言。
　　②　源兼行，大和守，亦以书法知名。
　　③　行法华三昧之堂。
　　④　这两句的原话出自《淮南子》："墨子见练丝而泣之，为其可以黄可以黑。""杨子见逵路而哭之，为其可以南可以北。"原典指人心之可善可恶，此处则借喻恋人之分手，叹人事之变幻无定。
　　⑤　堀川院即堀河天皇，他曾命权大纳言藤原公实等十六位歌人各献和歌百首。诗成于康和年间（1099—1104）。这里所引的歌是公实的作品，是怀念死去的恋人的。

墙边芳草丛生处，

唯见堇花数朵开。

则如此寂寞景色，诚或有之。

第二七段

举行让位仪式①之际，须将剑、玺、内侍所②移交于新皇③，此事思之深感无限凄凉。新院④退位之春，有歌云：

主殿寮诸役，

皆赴天皇家；

此处无人扫，

满园尽落花！⑤

今世⑥则杂务纷扰，无人赴上皇之所，遂颇有寂寞之感！于斯

---

① 即天皇让位于太子的仪式。

② 剑（草薙剑）、玺（八坂琼曲玉）和神镜（置于温明殿，即内侍所）系日本视为国宝的三种神器。

③ 新皇，这里具体指后醍醐天皇。

④ 新院指退位的花园上皇。更早退位的天皇依次称本院、中院等，新院即对此而言。花园天皇于文保二年（1318）春让位。

⑤ 此歌载《拾遗和歌集》。歌中主殿寮诸役司宫中的扫除等事。

⑥ 指后醍醐天皇当政时期。

之际，正人心显露之时也①！

第二八段

若谅闇之年②之足以动情者恐未之有也。倚庐之所③等处，木板低筑，以苇为帘，帽额④以粗布为之，随手用具多取简陋者，乃至朝中奉仕诸人之装束、大刀、平绪⑤均异于平时，望之森然可畏。

第二九段

试静思之，万事中唯往昔之恋情最为难忘。人定⑥之后，欲遣

---

① 比较《史记·汲郑列传》："一死一生，乃知交情；一贫一富，乃知交态；一贵一贱，交情乃见。"
② 指天子居丧的时期，又作梁闇、谅阴等。《礼记》："高宗亮阴三年。"《论语》："高宗谅阴。"郑注："谅阴，谓凶庐也。"
③ 丧主所居之处叫倚庐。《礼记·丧服大记》："父母之丧，居倚庐，不涂。"《礼记·问丧篇》："居于倚庐，哀亲之在外也。"又《礼记·杂记上·注》："庐在中门外东壁，倚木为之，故曰倚庐。"
④ 帽额指帘上端所覆之横布，通常多锦制，丧期则改用暗色之布。
⑤ 平绪指束带时自腰部下垂在袴前的部分，略似我国古时的绅。后世的平绪与带分成两物，成为一种装饰品，上有各种花纹，居丧时则改为素色。
⑥ 人定，指夜深人静之时，相当旧日之亥时。《后汉书·来歙传》："臣夜人定后，为何人所贼伤，中臣要害。"

长夜，乃清理什物，而于欲弃去之故纸中见亡者手迹与乘兴所作之画，而此心遂萦怀于当日情景之中。至于在世者之书信，以其年久，亦不禁忆及系何时、何年之事而感慨系之矣！昔日常用之器具①，本无心护持而长久无损者，亦令人黯然神伤！

第三〇段

世间悲痛之时盖无有过于人殁之后者。殁后中阴②期间，亲故群集山村野寺为营法事③，甚为杂沓拥挤，心情亦惶惶不安。时日匆匆，转瞬即逝。乃至最后一日，兴既索然，复无可互语，遂径自整理什物，各自散去矣。然而返回故家后，引人悲痛之事当更多也。

人或有言："凡此等事，为后死者计，应讳言之，可不慎诸！"于斯世也而有斯言，果何事哉？人心思之不能无憾也！

纵岁月流逝，仍未能稍释于怀，然语云，去者日已疏④，其悲痛之情自当不若初殁之时，乃至语及往事竟而若无其事而谈笑风生也。

---

① 旧日注家认为这种器具不限于是作者本人的，也可能属于怀念中的死者。
② 人死后七七四十九日期间谓之中阴。
③ 法事即佛事，如诵经超度亡灵之类。这时亲族大多要住在死者之家，所以大家有拥挤、不安之感。
④ 《文选·古诗十九首》："去者日已疏，生者日以亲。"

遗体葬于荒远之山中，唯祭日始来祭扫，然不久墓上卒都婆[①]即生青苔，墓地亦为落叶覆盖，来访者唯夕风夜月而已。

怀念者在世时尚且如此，矧斯人不久亦当物化，则仅借传闻而有所知之子子孙孙更有何感情可言？此后即不复有人凭吊此地，乃至何人之墓亦无人知，年年唯有情者动情而一望墓上之春草而已[②]！终而临风呜咽之松亦不待千年而摧折为薪，古墓则犁为田地[③]，并其形迹亦不可求索矣，悲夫！

第三一段

飞雪之朝，甚有意趣。时有事欲传语某人，唯致彼之手书中一语未及飞雪之事。彼复书云："此雪何如，一语未及，则如此俗物所谈之事尚可听耶！君之情趣实为可悯！"此语甚为有味。

此公今已作古。事虽微不足道，然未易忘怀也。

第三二段

九月二十日顷，余应某人之约，与作彻夜赏月之游。途中此

---

① 卒都婆为梵语之译音，意为塔，这里指墓上的石塔。
② 白居易诗："古墓何代人，不知姓与名，化为路傍土，年年春草生。"
③ 《文选·古诗十九首》："古墓犁为田，松柏摧为薪。"

人忽有所思，乃请传达而过访友人之居①，而余则鹄立于荒芜庭院之中，见到处繁露重重，薰香之味自然流露，幽居景色，殊富情趣。

移时此人出门，而余犹在欣赏当时之优美景色。自遮阴处一望，乃见主人送客后稍开旁门②望月。若送客后立即锁门入内，则意趣索然矣。然主人当亦不知送客后尚有人望见此等情状，而如此等事盖出于平时之素养也。闻主人不久即下世矣。

第三三段

今之大内③重新营造时，经精于掌故诸人检索，了无疵可求。既而迁幸④之日已近，玄辉门院⑤观后，曰："闲院殿⑥栉形之穴为圆形⑦且无缘饰。"闻之深为感服。而此则刳作叶状且附以木边，

---

① 请随从者先为传达，说明这里住的是一位有身份的人。

② 原文"妻户"，通指屋角之旁门，门有两扇，可以从中开阖。有的注家认为主人系一女子，并且她和前段所说的复书者可能是同一个人，姑识之以为参考。

③ 大内又叫内里，即皇宫。此处指花园天皇文保元年（1317）新建之二条富小路内里。

④ 天皇移居新殿叫迁幸。

⑤ 玄辉门院名愔子，左大臣藤原实雄之女，后深草天皇之妃，伏见天皇之生母，殁于元德元年（1329），年八十四。门院为母后皈佛后之尊称。

⑥ 闲院殿又叫闲院内里，位于二条之南西洞院之西一丁，最初为藤原冬嗣之官邸，后来高仓天皇至后深草天皇均居此处，正元元年（1259）毁于火。

⑦ 栉形之穴系在闲院内里之清凉殿壁中之小窗，可用以悬挂灯笼，故也叫火灯口。所谓栉形当系半圆形或略略隆起如钟形。

误矣，故重加改造焉。

第三四段

甲香①似法螺贝而小，口处为细长而突出之贝盖，武藏国之金泽浦②有之。闻金泽土著称之为"海那塔里"。

第三五段

书法拙劣者无所顾虑而放笔作书，可嘉也。自称书法不佳而倩人代笔，则造作可厌矣。

第三六段

"久未过访相亲爱者，则彼将何等怨恨耶！怠慢之处，甚感抱歉，无言可以自解。然女方传言：'如有小使，请遣一人来！'闻之喜不自胜焉。此人心情若此，殊佳。"闻某人此语，余深有同感。

---

① 甲是贝的意思。有一种螺贝的外壳磨成细粉可以掺入炼香之中，所以叫甲香。

② 在今横滨市矶子区，临东京湾，著名的金泽文库便在此地。

第三七段

朝夕相处素无隔阂之密友①,时或一反常态而作矜持状,则必有人谓此时何必若此。然亦有谓彼诚宜若此,且此举甚佳者。又平素不甚相知者之间亦有披肝沥胆之事,此亦大佳且甚令人思慕也。

第三八段

身陷名利之羁绊,终生劳人草草,何大不智也!

夫人之财货丰盈则忽于持身,是则财货实为买害招烦之媒介②。纵身后堆金拄北斗③,亦徒使后人烦恼耳!可见怡悦愚人之目之乐事,甚无聊也。高车肥马、金玉之饰,有心人视之可厌且至愚也。诚宜捐金于山,沉珠于渊④,若惑于利欲,其人则愚之甚者也!

以不朽之盛名永垂后世,人之所愿也。然位高身贵之人未必

---

① 有的注家认为这位密友也可以想象为一女性。
② 旧注引《文选》:"不怀宝以贾害兮,不饰表以招累。"
③ 旧注引《白氏文集》:"身后堆金拄北斗,不如生前一樽酒。"
④ 旧注引《庄子·天地篇》:"藏金于山,藏珠于渊。"又《文选·东都赋》:"捐金于山,沉珠于渊。"

皆忠贞正直之士。亦有愚劣之人生于名门，又逢时会而跻高位，甚乃穷奢极欲者。反之，杰出之圣贤居卑位而终生不遇者亦多矣①。则一味羡慕高官高位者，其愚亦仅次于求利者而已。

复有望以出众之智慧与人品扬名于后世者。然试一熟思之，爱名誉者喜闻世人之颂扬。唯誉者毁者均不得常住此世，甚乃传闻者无何终亦逝去，则愧对者何人，愿为何人所知耶？

夫誉者毁之本，身后之名固无益，而欲之者实亦为愚蠢之举也。

唯就力求智慧与欲为贤者之人言之，智慧出则有虚伪②，才能徒增烦恼而已。

传闻而知者与夫学而知者非真智也。何谓智？可与不可，一也③。何谓善？至人④无智、无德、无功、无名。何人知此，何人传此于后世？此非隐德而守愚，盖已并贤愚得失之境而超越之矣。以愚迷之心求浮世之名利，率皆类此也。万事皆非，既不足道亦不足愿也。

---

① 旧注引嵇康《与山巨源绝交书》："老子、庄周，吾之师也，亲居贱职；柳下惠、东方朔，达人也，安乎卑位，吾岂敢短之哉。"
② 旧注引《老子》："大道废，有仁义；智慧出，有大伪。"
③ 《庄子·齐物论》："方可方不可，方不可方可。"又："道行之而成，物谓之而然。……物固有所然，物固有所可。无物不然，无物不可。故为是举莛与楹，厉与西施，恢恑憰怪，道通为一。"
④ 《庄子·逍遥游》："至人无己，神人无功，圣人无名。"所谓至人、神人、圣人都是一个意思，指通晓了大道精微的人。

第三九段

人或问法然上人①："念佛②时常有睡意，是行不坚定，如之何可除此障耶？"答曰："请于醒时念佛可也。"此言何等可感！又云："往生③之事，信之坚则必，信之不坚则未必。"此言亦可感。又云："纵有疑虑，念佛亦可往生。"此言亦可感也。

第四○段

因幡国④某入道⑤有女，闻其姿容秀丽而来求者甚众。此女唯以栗为食，不进谷类。其父云，此女非常类，不可与人婚配，而弗许也。

---

① 法然上人（1133—1212），名源空，美作国（冈山县）稻冈人。最初上比叡山修道，后因对天台法门感到不满足，乃开专修念佛之一宗，是为日本净土宗之开山祖。
② 此处特指念诵"南无阿弥陀佛"六字。名号出《观无量寿经》。善导大师认为南无（意为归命，读为那摩）为愿，阿弥陀佛为行，称念者必得往生。
③ 即往生净土（极乐世界）。净土宗认为一心诵持佛号死后即可往生净土，故往生在佛教成了死亡的代词。
④ 因幡国在今鸟取县。
⑤ 入道指皈依佛教的人。

第四一段

　　五月初五日于贺茂神社观赛马①。车前观者如堵而不得见，乃各自下车，欲至马场栅栏附近。然彼处更加拥挤而无法进入。此时对面楝树②上有一观看赛马之法师蹲踞于树杈间，扶枝酣睡，每至几欲坠落之时始醒，如是者数。见者嘲之曰："诚大蠢物也！岂能于如彼危枝之上安心而眠哉！"

　　余闻此语忽焉有感于中，遂应声曰："吾等安知死期不近在目前耶？忘此而日以观览为务，其愚岂不有过于此耶？"时余面前众人，并皆反顾，曰："诚如君言，是至愚之事也！"乃口称"请入"，让一席地，俾余得进身也。如此道理，人皆当知之，然于斯时也闻斯言，则有平素难于虑及之道理在，故能怦然有动于中。人非木石，时或触物生情，亦理所当然耳③。

---

　　① 赛马指京都上贺茂社马场举行之赛马，约创始于堀河帝时代宽治七年（1093）。过去每年五月五日在宫中丰乐院有骑射式，五位以上者则举行走马式，后中绝，唯贺茂社尚保留此式。
　　② 楝树是一种乔木，高可三丈，五月下旬簇生淡紫色小花。
　　③ 旧注引鲍照诗："心非木石岂无感。"

第四二段

有唐桥中将①者，其子行雅僧都，宣讲教义之僧也。其人素有上火之疾，复以年事渐高，鼻中堵塞，呼吸亦感困难；虽经多方医治，反日趋沉重，目、眉、额等处皆肿胀逾常，覆垂目上，面容难辨，犹二之舞②之面具焉。面目望之如鬼怪，至可怖畏，目在顶际，鼻在额边。后此僧遂不复在寺内人前露面，长年闲居一室，终因病重死去。世间竟有如斯不可思议之疾病也！

第四三段

暮春之际，天朗气清之某日，过一高贵人家，其幽邃处，林木苍古，落花遍于庭院，殊难去而不顾。乃入内一望，见南向之格窗俱放下，到处寂然无声。东向之角门半开，自帘之破处望之，一年约二十之清秀男子仪态闲雅，闲坐翻读几上书篇。彼何许人，颇思一访之也。

---

① 唐桥中将指参议兼左近卫中将唐桥雅清（1182—1230）。
② 二之舞在舞乐中安摩舞（一种滑稽舞）之后也用一种红色的可怕的面具，故曰二之舞。舞蹈内容也模仿安摩舞，由男女二人表演。

第四四段

　　陋居柴门之中，有一极年少之男子乘月而出。月光之下，色泽难辨；着光鲜之狩衣①与深紫色之指贯②，望之颇不寻常；携可爱之小童一人，循田间狭长小路，不顾露湿衣裳，分开稻叶前行。是时也，彼之笛声悠扬，其优美殆无以名状，唯此地余意恐难觅知音也。

　　然余欲知此少年之去处，竟随之而行，此少年乃不复撒笛，径入山边一寺之正门矣。

　　门内车榻③之上有一车，此车较京中者更觉引人注目，试问使役之人："某某贵人于此时来此地，得无有法会诸事耶？"

　　众法师均集于本堂④。不知何处之薰香随寒夜之风飘来，沁人心脾。自寝殿⑤通往本堂之廊下，宫女往来生风，如此种种，虽于此人迹罕至之山村，亦能引人注目也。

　　草木任情丛生之秋野，露水满溢，虫鸣如泣如诉，庭中水音

---

　　①　狩衣最初是狩猎时穿的衣服，从平安时代中期起，它就成了贵族日常穿的衣服，一般只有在六位以上的官才能穿。
　　②　指贯是同狩衣相配的一种裤。
　　③　车榻是牛车卸下后安放车辕的台。
　　④　寺院安放本尊的正堂。
　　⑤　寝殿通指正殿，然此处本堂之外何以又有寝殿？可能这里指贵人临时下榻之所，非本义之寝殿也。

潺潺，云之往来亦似速于都中，月则阴晴不定也。

第四五段

从二位公世①之兄良觉僧正②者，性格至为暴躁之人也。僧房侧有巨榎③一株，故人皆称之曰"榎之僧正"。僧正以此名甚不当，乃伐去此树，仅余残株，人因又名之曰"残株之僧正"。僧正闻之益怒，乃将残株掘出成一土坑，人因又名之曰"掘坑之僧正"焉。

第四六段

柳原之边④有僧，号强盗法印⑤。以屡遇强盗故，乃有此名也。

---

① 从二位公世指从二位侍从藤原公世（约1220—1301），实俊之子，又过继为洞院实雄之子，为著名弹筝家兼歌人。
② 良觉僧正即天台宗比叡山大僧正，歌人。橘纯一氏谓此人应是公世之弟，姑备一说。
③ 榎，榆科落叶乔木，多生于暖地，高约十米，直径可达一至三米，初夏生淡黄色两性花。
④ 过去京都市室町边有两旁植柳之路曰柳原边，在今京都市上京区柳原町附近。
⑤ 法印为朝廷赐给僧侣的最高僧位，以下则为法眼、法桥。

第四七段

　　某人赴清水[1]途中，与一老尼[2]偕行。老尼且行且语："苦萨梅，苦萨梅[3]。"问曰："比丘尼师父，如此念念不止者何事耶？"老尼不答，念诵如故。后复屡问，老尼稍有怒意，乃曰："噫！人方嚏时不诵此咒则死，余之养君[4]于比叡山[5]为小沙弥[6]，此时彼或正欲嚏亦未可知，故念诵弗止也。"如此心术，至可感佩也！

第四八段

　　光亲卿[7]侍上皇为讲《最胜王经》[8]时，曾奉召至御前并蒙赐

---

　　[1] 即京都东山区五条坂上著名的清水寺，传为坂上田村麻吕所创建。
　　[2] 尼为比丘尼（梵语译音）之略称，我国俗称尼姑，亦译苾刍尼，指女子出家皈佛者。
　　[3] 原文くさめ，当为くしゃみ之讹转，即嚏也。
　　[4] 养君指以乳母身份抚养的少年。
　　[5] 比叡山在京都市东北，跨山城、近江两国之境，有二高峰，东为大比叡，西为四明岳。东峰半山有天台宗之总本寺延历寺，后来比叡山即成为该寺之代词。
　　[6] 指在寺院服役的幼童，多贵族子弟。
　　[7] 指权中纳言藤原光亲（1176—1221），后鸟羽天皇之宠臣，承久之变中为镰仓方面斩杀于骏河。
　　[8] 《最胜王经》，参照第二一页注[7]。

御膳。食讫，将食后狼藉之膳台径推入御帘之中而退。女官见之皆曰："何不洁若是！是何人所食者？"惟上皇闻之反复感叹曰："此精于典章制度者之所为，甚可感也！"①

第四九段

莫待老来方学道，古坟多是少年人②。罹不虞之疾，忽焉欲弃此世而去，唯此时也始知已往之过错，而过错者非他，本应速为之事，因循失之，本应弃置之事，反急速为之，因此过去之事是为应悔恨者也。然其时悔复何用！

人当时刻切记于心念念不忘者，唯无常逼身一事耳。如此焉能不淡于浮生之利欲而坚定向佛之心耶！

昔有高僧，人有来问自他之要事者，答曰："今有火急之事③，已不待朝夕矣！"言讫掩耳念佛，终得往生，此事具载禅林之十因④。

---

① 这里是说因为侍上皇讲经，没有充分就食的时间，所以草草吃完就算了。
② 参见《寿命院抄》所引《寒山颂》："莫待老来方学道，古坟多是少年人。"
③ 佛教所谓火急之事指生死之事，即往生之一大事也。
④ 指洛东禅林寺永观堂永观禅师所著《往生十因》，此处禅林则指律师所住之永观堂（一名禅林堂）。永观律师（佛教中精通戒律之高僧），文章博士源隆国之子，殁于天永元年或二年（1110或1111），年八十。其《往生十因》中有云："传闻有圣，念佛为业，专惜寸分，若人来问自他要事，圣人陈曰：'今有火急事，既逼于旦暮，塞耳念佛，终得往生。'"

有高僧名心戒①者，知此世无常，故无片刻静坐之时而始终唯蹲踞也。

第五〇段

应长之际②，闻有自伊势之国携化鬼之女③上京者。其时约二十日间，自京师赴白川④者日日四出望鬼。"昨日赴西园寺⑤处""今日当赴上皇处⑥""此时又在某某处"。此类传闻，喧腾众口，然无人确见有鬼，亦无人斥之为虚妄，上下唯以鬼事为谈资也。

其时余适自东山⑦赴安居院⑧一带，自四条⑨以上之人皆北指而

---

① 心戒是平宗盛（1147—1185）之子，平家灭亡后出家。《一言芳谈》中有云："心戒上人常蹲踞，人问其故，答曰三界六道无可安坐处故也。"
② 应长为花园天皇年号（1311—1312）。
③ 所谓化鬼之女大概是像迷信所说的那样，因为做了什么坏事而变成了鬼的。
④ 白川属京都市，当时在京都东北部。
⑤ 西园寺即藤原公经在北山之衣笠所建的山庄，邸内有御堂称西园寺，即以为家号。当时入道（出家）前太政大臣实兼居此。
⑥ 此处指伏见天皇之持明院，今上京区光照院即其地。
⑦ 此事多半发生在作者居住在吉田时，所以东山应指洛东一带之丘陵地区。
⑧ 安居院在京都北郊，今上京区大宫通东寺之内一带。
⑨ 四条，路名；以上云云从下文看当指以北。

奔，喧呼一条、室町①有鬼。自今出川②一带望之，上皇看台③附近人群拥挤，阻塞不通。然余意此未必为毫无根据之事，因遣人就视之，而遇鬼者竟无一人！

众人于日暮前仍杂沓拥挤于一处，终至发生争吵，甚乃有越轨之举。当时彼处有患病二日三日者，或谓女鬼之谣传盖疾病之前兆也。

第五一段

龟山殿④御池欲引大井川⑤之水，乃诏大井土民为造水车。上赐钱甚丰。数日后水车造成而毫不转动，虽经多方矫正亦无效，遂空置彼处。乃复召宇治⑥之乡人来，使造水车。水车咄嗟立成，转动灵巧，汲水甚易。由此可见万事若深悉其道，甚可贵也。

---

① 一条、室町都是路名。一条东西向，室町南北向，这里当指两条路交叉的地方。有的注家认为一条室町是一条街的名字，室町是一条的一部分。

② 今出川是通过一条东洞院一带自北向南流的河流，今已不存。今上京区一条横向的大路即以此为名。

③ 指天皇观看贺茂祭时在一条大路上用木板搭成的常设的看台。

④ 日本第九十代的龟山天皇（1259—1274在位）让位后，在大堰川北岸，京都府嵯峨之龟山山脚下由后嵯峨天皇营造的离宫，作为龟山天皇退隐之所，即龟山殿。今京都市右京区天龙寺即其地。

⑤ 大井川发源于丹波，为保津川之下游，经嵯峨、岚山而为桂川，后流入淀川。大井川是从龟山殿旁流过去的，所以这里有引水之说。它的名字经常出现在古歌里。

⑥ 宇治为山城，以制造水车而著名。

第五二段

仁和寺^①某法师年老时因未曾参拜石清水^②而常悬之于心。某次乃独自徒步前往，但至极乐寺^③、高良^④等处参拜后自忖至此已可，遂转身而归。后乃语诸友人曰："年来萦回于心之事已行之矣！所见过于所闻，诚可贵也！^⑤然前来参拜之人皆欲登山，究为何事耶？！余亦欲登山一行，然本意在于拜神，故未及见山而返也。"

故虽于细微之事，亦须有先达为之指点为佳。

第五三段

下述之事亦闻自仁和寺之法师。寺有小童将出家为僧，寺众为设惜别之宴。宴时寺众各有游兴，此童亦乘醉兴起，竟取身旁

---

① 大内山仁和寺为古义真言宗之本山，在今京都市右京区花园之地，仁和四年（888）宇多天皇建。宇多天皇让位皈佛成为法皇之后即居此，称御室，此后御室与仁和寺即成同义词。

② 石清水即男山之八幡宫，男山在京都府缀喜郡八幡町。

③ 极乐寺在男山山下，为八幡宫附属之寺。过去为神佛混杂之寺，神社内又有寺院，故称宫寺。其住持称别当，大都兼管神社事务。

④ 高良为八幡宫之摄社（附属神社），也在男山山下。

⑤ 这实际上是一句反话，意思是说看了之后才知道不过如此。

之三足鼎戴于头上。鼎扞格不下，乃强压鼻使头纳入鼎中；后乃作舞于座上，满座俱感无限兴奋。

稍后，此童欲自头上取鼎，而竟无法取下。时酒宴兴会已阑，寺众莫不惶惶然手足无措也。

虽经种种努力，鼎中之头仍宛转不得出，然颈部已流血并肿起，呼吸亦感困难。且欲敲碎此鼎亦殊不易，盖敲击之声为本人难以忍受故也。既无可奈何，乃将单衣覆于鼎之三足上，牵手扶杖，赴京中医师处。途中见者莫不骇怪。

既至医师处，相对情状亦大可怪。鼎中有语声嗡嗡然，自外闻之亦不悉所云者为何。医师云："此事不见于医书，亦未得医治此症之传授。"

此童再返仁和寺后，亲人与老母等俱集于枕前悲泣，然当事者似均已不闻。此时有人进言，曰："纵令耳鼻磨去，然安可不保一命，可尽力拔之！"遂以稻草芯实于鼎中头部四周以防磨损，并以断头之力拔之。虽耳鼻脱残，此鼎终得拔脱。如此，后虽长期卧床，然终得保此危殆之一命也。

第五四段

御室[①]有秀美之小童，法师等人恒思邀之出游，乃更约有艺能

---

① 御室即仁和寺，参见第四四页注①。

工弹奏之法师^①等与之俱。彼等特制精美之食盒一事，装入箱类盛具中，埋之于双冈^②一方便之所^③，上更铺以红叶，后遂作无事状赴御所^④邀小童出游。

众人于各处畅游甚欢，既而至遍生苔藓之处列坐，并互语曰："疲甚矣！若有人于此焚烧红叶^⑤岂不美哉！能演妙法之诸法师盍试祈求之！"语讫即向埋物之树下，手捻念珠，作种种奇妙手势，其状神乎其神^⑥。然将树叶拨除后视之，竟杳无一物！

或以为地点误记，乃到处发掘，虽遍寻此山，终属乌有。想系埋入时为人所见，趁众人赴寺中时盗去也。法师等愧无可言，乃相互埋怨，愤愤而归。本欲为一极有兴味之举，然逾其分必以败兴而告终也^⑦。

第五五段

修造住所，宜以度夏为主。冬日则随处可住也。溽暑之日，

---

① 在法事时专门参加奏乐之法师。
② 双冈是仁和寺以南低矮的丘陵，实际上是南北排列的三个山岗。
③ 方便之所指便于游憩的地方。
④ 御所亦指仁和寺。
⑤ 旧注引白乐天诗："林间暖酒烧红叶，石上题诗拂绿苔。"焚烧红叶暗喻置酒于此。又诗句暖一作煮，拂一作扫。
⑥ 佛教真言宗作法时习惯一面唱咒，一面用手指作出种种形象，这里的意思是要借法力，变出酒食来。
⑦ 此即我国所说的"弄巧成拙"。

住所不适，诚难堪事。深水无清凉之意，浅水潺潺而流，则凉意多矣。欲观细小之物则遣户①较设蔀②之屋为明亮。天井高则冬寒而灯暗。论者曰，造作③施于无用之处，非特望之有情趣，且又可当诸用也。

第五六段

逢久别之人，即将本人别来之事，一一尽述，实无意趣！虽推心置腹之密友，移时再见，亦终稍觉隔膜也。

无教养者偶或外出而逢趣事，归来不容喘息即喋喋不休。上品之人谈话，听者虽多，但只面向一人，其他人众自亦得闻也。下品之人语无对手，唯混迹人众之中，高谈阔论，若实有其事然，闻者亦莫不喧笑，嘈杂殊甚。

有虽谈趣事而聆之不甚有趣者，有谈无味之事而闻之大笑者，准此，则人品之高下可知也。评骘某人风采容貌之妍丑，或论学者学殖之深浅，若引己身与之相较，诚为可厌！④

---

① 遣户又叫引户，是从左右可以拉开的门。
② 一种上半部可以吊起的板窗，放下后可以遮阳光，蔽风雨。
③ 造作指室内之装修。
④ 拿别人同自己比，往往易有主观成分，这是作者立意之所在。

第五七段

　　有谈诗歌逸话中诗歌之拙劣者，诚憾事也。略谙诗歌之道者亦未必即许之为佳作。

　　总之，于一知半解之事，夸夸其谈，闻之殊不快。

第五八段

　　或曰："有道心①则不择居所，虽家居与人交，而欲求来世之安乐，亦何难哉！"然而作此语者，于来世实一无所知也。质言之，以浮世为虚幻而必欲出离生死者，更有何兴味尽心于朝夕事君，劳心家务乎！心因外缘②而转移，故不静，道亦难修。

　　以器局论，则今人不逮古人。隐居山林，倘无食以果腹，复无物以御寒风，终不得住也。故时而似不免有恋恋于俗世之事。若谓"遁世既如此，复何为而舍之？"则斯言谬矣！夫厌世之人一旦入于佛道，纵有所望，究不若权贵之贪得无厌。纸衾、麻衣、一钵之食、藜藿之羹，于人所费无几。所求易得，此心亦随即满足。虽或有所欲，然自惭形秽，自多远恶而近善也。

---

　　① 道心指皈依佛道之心。
　　② 外缘即外界的各种事务，它们会干扰修道者内心的宁静而不得明心见性（自性），即佛教所说的人的本来面貌。

生而为人，无如遁世为大佳事。若一味贪墨是务，而不日进于菩提①之境，则与畜类复何异耶？

第五九段

凡立志成大事②之人，心中纵有难以割弃且不了无以自安之事，亦宜立即撒手了之。或有作如是之想者："此事随手即可处理。""彼事亦可随手办妥。""凡此种种之事，为免将来之烦累，且不致招人讪笑，亦俱应妥为处置。""多年如斯累于俗务，而此等事不致甚费时日，俟稍从容，无须匆忙也。"如此则无可逃避之事反而愈多，事无穷尽，亦永无成大事之日。纵观世人，凡略有道心者，大率亦皆于此等设想中枉度其终生也。

因逼身之火等等而逃者，能曰稍待乎？故欲脱身者亦当不顾羞耻，弃财而逃也。命，岂能待人？无常之至，其迅猛盖过于水火之攻③，逃之诚难！其时则难舍之老亲、幼子、君恩、人情，虽不舍亦不可得矣④！

---

① 菩提为梵语的译音，意为佛教所说的智慧，这里指成就佛果，得无上正等正觉。

② 此处所说的大事，是佛教所说的大事。佛教称悟得最高真理、证得菩提、得无上正等正觉为成就大事。

③ 旧注引《六祖坛经》："生死事大，无常迅速。"

④ 旧注引《大集经》有关妻子珍宝等之偈："妻子珍宝及王位，临命终时不随者，唯戒及施不放逸，今世后世为伴侣。"

第六〇段

真乘院①有高德之智者名盛亲僧都②者，嗜芋而所食甚多，虽在说法座上亦于膝头置一大钵，满盛芋头，随食随读③。身体不适时则以七日二七日④等为期，号称疗治，实则闭居一室，择芋之佳者，尽情食之，以疗诸疾。彼从不以芋食人，唯一人独食。僧都极贫苦，故师匠⑤临终时以钱二百贯⑥、寺一所付之。寺售百贯，并钱二百贯，合三万疋为芋金，贮京中某人处，每次取十贯，以尽情食芋也。此外则钱更无他用，俱食芋以尽。或曰："以贫乏之身得三百贯，如斯而尽用之，诚为可感之道心者也。"

此僧都见某法师时，曾赠以"昔罗乌路里"⑦之名。或问曰："是何义？"答曰："此物虽我亦不知。若果有是物，当与该法师

---

① 真乘院属仁和寺，即所谓院家。据《和训刊》，院家为门主隐居之所。宇多天皇入仁和寺之后，始有门迹之称号。此时贵族相继出家者颇多，居寺中小院，称"院家众"，此后凡门迹寺必有院家众，以示与平民出身之僧众有所区别。

② 僧都为位于僧正与律师之间之僧官。

③ 诵读并讲解经卷之谓。

④ 七日二七日即一周两周之意。

⑤ 此处指主持寺院的老法师。

⑥ 每贯合一千文（后为九百六十文），每文为一有孔的铜（铁）钱，相当明治以后的一厘。又十文为一疋，故百贯合万疋，后文的三百贯合三万疋。

⑦ 原文"しろうるり"，一说是"白瓜（しろうり）"之讹。又有的注家认为这个词没有意义。

之容貌相若也。"此僧都相貌端正，有强力，食量大，书法、学识、论辩亦皆超群，本宗之法灯①也。故寺众②皆敬重之。僧都不以俗世为意，凡事任性而行，绝不随人俯仰。佛事中有膳食之事时，不待众僧之膳皆备，径就面前之膳独食。欲归时即径自离席独去。正时与非定时之食③皆与常人不同而无定。我欲食时，虽夜中与破晓亦不计。欲眠则虽白昼亦入室径睡，且无论何等大事，人之所云俱不闻也。醒来则复数夜不眠，澄心以啸游，总之俱非世之常态。然世人于彼匪特无所非议，反推许备至，以其德行极高故也。

第六一段

宫中临产时，落甑④之习俗原非定制。胞衣迟迟不下时所用

---

① 法灯原指照破世间黑暗的佛法之灯。此处指佛教一宗（流派）中之最高权威。《华严经》："能燃照世妙法灯。"

② 寺众指仁和寺的寺众。

③ 按佛教戒律的规定，僧众只正午以前（正时）吃一次饭，在这之后吃饭都是"非时"。《僧祇律》："午前日影过一发一瞬，即是非时。"

④ 甑为蒸饭之具，古时之甑为陶制，圆形，底有细孔。《笺注倭名类聚抄》："按太神宫仪式帐、大膳职、内匠寮、大炊寮、造酒司式、法隆寺资财帐等用橧字，盖其器用木造，故变瓦从木遂与训豕所寝之橧混。李时珍曰，北人用瓦甑，南人用木甑。然则西土亦有用木造者，伊势神宫今犹瓦甑。"又关于落甑习俗，还可参见《平家物语》（卷三）："皇后生产时，使甑自宫殿之栋上落下，皇子诞生时向南，皇女诞生时向北落下。"

巫术也。如胞衣即下，则不用。此乃来自下层之事并无特殊依据。所用者大原里之甑①。古宝藏之绘画中，即记有贱人产子时落甑事。

第六二段

延政门院②幼时曾作歌，托赴皇居者以达后嵯峨上皇。歌词云：

ふたつもじ牛の角もじすぐなもじゆがみもじとぞ君はおぼゆる。③

歌词即眷恋父皇之意也。

---

① 大原里，今京都市左京区大原，因大原女与寂光院而有名。大原与大腹同音，故孕妇因谐音而取此地之甑。

② 延政门院（1259—1332）为后嵯峨天皇之第二皇女，悦子内亲王，弘安八年（1285）出家。母为大纳言公经卿之女。

③ 按此歌为包括四个平假名（日本草体字母）的字谜。"ふたつもじ"意为二重字，即假名的こ；"牛の角もじ"意为牛角形的字，即假名的い；"すぐなもじ"意为笔直的字，即假名的し；"ゆがみもじ"意为弯曲的字，即假名的く。这样，全句读起来就成了"こいしくとぞ君はおぼゆる"，也就是"眷恋父皇"之意了。

第六三段

主持后七日法事①之阿阇梨②例行纠集武士以为戒备③，盖因过去曾有遇盗之事，当值者遂小题大作若此。一年中吉凶之相，皆将于此法事中见之，然法事中用武士，不得谓之妥当也。

第六四段

或曰，乘五绪之车④者，不必人为规定。依身份之不同，直至

---

① 指朝廷在正月初八日到十四日在宫中真言院举行的法事，目的在于祈求国家安宁和五谷丰登。真言院在皇居以西，是仁明天皇承和元年（834）因空海法师的奏闻，以唐朝的内道场为范例在宫中修建的。所谓后七日是说从元日到初七日先在东坊举行法事，从初八日起再在真言院举行七日。

② 阿阇梨是梵语的音译，又译阿祇利、阿遮利夜、阿遮梨耶或简称阇梨，意为师范、正行、轨范等，指能矫正子弟的行为而为众僧师范的高僧。日本仁明帝承和三年（836），于比叡、比良、伊吹、爱宕、神峰、金峰、葛城七高山始置阿阇梨僧职。

③ 举行法事时，武士带甲胄，警卫四门之谓。

④ 五绪之车是一种带帘子的牛车。因它的帘子除左右的镶边之外，中间还有与之平行的三道革纽，革纽各有风带下垂，与边缘形成五条，故谓之五绪。因此这车也就称为五绪之车。

最高之官位，皆得乘之也①。

第六五段

或曰，近日之冠远较昔日为高，持有昔日之冠桶②者，须将四周加高始得使用。

第六六段

冈本之关白殿③欲使饲鹰人④下毛野武胜将鸟一双附于盛开之红梅枝上，然后呈进⑤。武胜答曰："不知附鸟于花之法，亦未闻有双鸟附于一枝之事。"

---

① 当时有一种议论，认为只有高级官员才能乘五绪之车，但当时限于门第，有些家族所能担任的最高官位是有一定限度的，所以有人指出一般地只限定位高者才能乘坐五绪之车是不合理的，只要达到本族所能达到的最高官位就可以了。
② 冠桶也叫冠箱，我国俗称帽盒。
③ 指关白左大臣藤原（近卫）家平（1282—1324），关白家基之子。冈本在上贺茂东北，市原野附近之古名。殿为对高官的敬称。
④ 宫中为捕雉和其他鸟类而使藏人所饲鹰，饲鹰人则任使鹰捕鸟之役。
⑤ 呈进是献给天皇。

关白乃询之于膳部诸有司①以及众人，后复谓武胜曰："如此则任尔斟酌为之。"武胜乃以无花之梅枝附一鸟以进。

据武胜云："杂木之枝与梅枝，梅枝之有花蕾者与花已散落者皆可以鸟附之。鸟亦可附于五叶松之枝上。枝长七尺或六尺，于切落之一端自尖端处②再向内切去五分，鸟则可附于树枝中间处，有鸟缚结于其上之枝，有鸟踏于其上之枝。有名青葛之藤③，取其未裂者于上下两处将所附之鸟固定于枝上。藤之端部可仿火打羽④之长度切落并弯作牛角状。初雪之朝，以肩承枝，自中门⑤堂堂而入，继而则循大砌之石⑥而行，不留足迹于雪上。尾根之羽毛拔除少许，散于其处，并将树枝倚于二栋御所⑦之高栏。若有所赐，则披之于肩，拜舞而退。虽谓初雪，苟雪深不足没履端，则不往也。至于散落尾根之毛，盖因鹰常攫鸟之弱处即腰部⑧，此系表明所饲之鹰已擒是鸟也。"

不以鸟附于花，是何故耶？长月⑨之时，以雉附于人工之梅枝

---

① 有的注家认为可能指关白家掌膳食的部门，有的注家则认为仍应指宫中之膳部，即大膳职的官员。其长官大夫一人、权大夫一人，下有亮、权亮、大进各一人、少进二人、大属一人、少属二人。

② 自根部切去时斜面之尖端处。

③ 青葛之藤，又名木防己，一种蔓茎可以缠绕于他种植物之上的野生植物。

④ 鸟翼末端的突出部分，一说因其形状似打火石，故曰火打羽。

⑤ 中门为外面的正门和寝殿之间的门。

⑥ 大砌之石指庭侧轩下敷设之石板。

⑦ 二栋御所似指有双栋的房屋，具体未详。

⑧ 此处腰部系借喻，当指尾羽附着的部位。

⑨ 长月指农历九月。

并附言曰："为君王所折之枝，不论时节。"事见《伊势物语》①。人工之花亦无碍耶？

第六七段

贺茂之岩本、桥本两社②乃分别奉祀业平③、实方④者也。然世人常混淆此二者。某年参拜时，曾见年老之宫司⑤经过，因呼而止之并询及此事。宫司作答时极为虔敬，其言曰："实方之影映于净手之处⑥，然桥本距水更近。吉水和尚⑦咏云：

赏月眺花之古代风流人物

得非此处奉祀之在原其人乎？

---

① 《伊势物语》为平安时代以歌人在原业平（825—880）一生为中心的故事集，多记男女情事，约百二十五段，成于天历年间（947—957），作者不详。
② 岩本、桥本两社都是京都上贺茂神社所属的末社。
③ 业平指著名歌人在原业平，所谓六歌仙之一。官中将，因排行第五，故称在五中将。
④ 实方即藤原实方（？—998），官左近卫中将，也是著名歌人，一条天皇时因同藤原行成在殿上争吵，打落行成之冠，因此被贬至奥州，殁于该地。
⑤ 神社中掌祭祀、祈祷等事的官员。
⑥ 参拜神社者多在其附近之河川或泉水处洗手，这里即指这类地方。
⑦ 吉水和尚指比叡山的天台座主慈圆（1155—1225），谥号慈镇，关白忠通之子，因住在京都东山的吉水（今之丸山，又叫圆山），故世称吉水和尚。建仁元年（1201）补天台座主，建仁三年（1203）任大僧正，著有《愚管抄》。他也是著名的歌人，有家集《拾玉集》。

则所指者又为岩本之社。唯此等事君等较我辈知之更深也。"余闻之深为感服。

今出川院①之近卫②有多数作品载入种种歌集。其人幼时常咏百首之歌,以彼二社御前之水书以奉进。近卫确有甚高之声誉,且多脍炙人口之歌。其所著诗赋诗序③并皆佳妙也。

第六八段

筑紫④有押领使⑤某,曾谓白萝卜能医治百病,乃每朝烤食二枚,已有年矣。某日仇家乘官邸空虚,突然来袭,其时邸中忽现武士二人,拚死迎战,遂将敌人扫数击退。押领使大惑不解,因问曰:"两君平素不见于官邸,然竟能如此死战,究何许人也?"答曰:"即素蒙信赖,每朝食用之白萝卜是也!"言讫即不复见。坚深之信仰,竟亦有如斯之福报耶?

---

① 今出川院嬉子为龟山天皇之中宫(皇后)。
② 近卫为今出川院身旁之女官,著名歌人,大纳言(一说中纳言)藤原伊平之女。
③ 均指汉文作品。
④ 筑(原字如此,非简化字)紫古时泛指九州(日本地名,不是我国的所谓九州)。
⑤ 押领使以捕暴徒平奸恶为任,一般由地方豪族担任,选自国司、郡司中长于武艺者。押领使多领一国,时亦领数国或一郡。

第六九段

　　书写上人①者，因诵《法华》②之功而臻于六根③清净者也。某日上人进入逆旅房舍之际，闻焚豆荚以煮豆之嘟嘟声，知其所云："君等我之近族，奈何无情煮我，使我受苦？"作爆音燃烧之豆荚似答曰："非我本心也！吾等烧身之苦正不堪忍耐，弗能为力也。祈勿作如此之怨声。"④

---

①　书写上人即著名的性空上人（910—1007），因居播磨国（兵库县）之书写山，故名。从四位橘善根之子，三十六岁时出家，居日向之雾岛山，永延二年（988）传说有化（仙）人来，告之曰："播磨书写山是鹫岭一峰也，居此者发菩提心得六根净。"因移居书写山，创圆教寺，事见《元亨释书》。
②　《法华》即《法华经》，全名《妙法莲华经》，为最著名的大乘经典，说佛出世之本旨，使二乘回小向大，故名妙法；莲华者，据《法华玄义》，"莲华有二义：一、出水义，所诠之理出离二乘泥浊水故；二、开敷义，以胜教言开真理故。"译本最通行者为姚秦鸠摩罗什译，计八卷二十八品。
③　六根，参见第八页注②。
④　这一段似来自我国煮豆燃萁的故事。据《世说》，三国时魏文帝丕强迫其弟植七步成诗，否则行大法，植应声而成，诗曰："煮豆持作羹，漉豉以为汁，萁在釜下燃，豆在釜中泣，本自同根生，相煎何太急！"原诗意在讽刺亲兄弟相残，这里的这一寓言则说明苦乐敌友都是世间的"业"所造成的，非人力所能左右，不如超越之为好，这乃是佛教的见解。

58

第七〇段

元应①中清暑堂游宴②时,玄上③尚未觅得,菊亭之大臣④乃弹奏牧马⑤。然甫就坐以手探柱⑥调音时,一柱触落。其时乃自怀中取饭糊胶合之。逮于神前奉献供物时,饭糊已全干,竟了无妨碍。

---

① 元应(1319—1321)为后醍醐天皇即位翌年之年号,但此处之事应在后醍醐天皇即位之前一年,即文保二年(1318)十一月。这是作者误记所致。

② 清暑堂为宫中丰乐院之后房。天皇即位后,都要在这里举行御神乐一次,然后在原处赐群臣酒肴并演奏音乐。

③ 玄上为宫中著名琵琶之名,也叫玄象。《禁秘抄》:"玄上,累代宝物也,置中殿御厨子,根源样,人不知之。扫部头贞敏渡唐之时,所渡琵琶二面,其一欤⋯⋯拨面文消所有赤色,不知其绘,代代有沙汰未决。俊房云,良通云琵琶移玄上,彼拨面文不可违,彼唐人打球形也。或云,玄象吞青钵之水,所以号玄象。又玄上宰相献延喜帝,仍号玄上,两说也,但妙音院入道付玄上说欤。"(以上所引系日人所写的汉文,有不甚可解者,照录以供参考。)按此乐器系仁明天皇时由遣唐使持归者,为宫中宝物,正和五年(1316)丢失,元应元年(1319)发现,建武三年(1336)内里起火时一并烧掉。

④ 菊亭之大臣为西园寺太政大臣实兼之第三子兼季,元亨二年(1322)任右大臣,因居洛之今出川,故称今出川氏,又因其庭前多植菊,故又号菊亭之大臣,为菊亭家之始祖。

⑤ 牧马与玄上并称,亦为宫中秘藏之著名乐器。据《古事谈》:"牧马与玄上,一双名物也。时人不辨胜劣。爰有信义信明两人,不知胜劣。初信义弹玄上,信明弹牧马,更无甲乙;信明弹玄上,信义弹牧马,其声云泥。故时人皆云:信明超信义,玄上胜牧马。"

⑥ 柱指琵琶颈部从上到下横向排列的架弦的横柱。

盖前时前来参观之着被衣①之妇人，不知出于何种怨心，竟近前将琴柱取下，复浮置于原处所致也。

第七一段

闻人之名，心中立即想像其人之面容，而及见其人，则又迥非昔日设想之容貌。闻故事，则易联想今日之某某家，而其中人物亦易取今日之人物加以对比，此人之常情，非我独然也。

又于某种时机，当前人之所云，目之所见，于我心中觉过去某时亦曾有此等事，虽不能确记何时，然有此等事，是无可置疑也。岂独余有如斯之感受耶？

第七二段②

下品诸事：坐处四周多常用工具；砚旁多笔；持佛堂③多佛；

---

① 被衣，又叫衣被，为平安时期以来贵妇人外出时所穿的薄衣，其特点是可以从后面把头蒙起并几乎把脸遮住。这里当指穿被衣的宫中女官。

② 本段注家多指出系仿《枕草子》笔法，其实都是模仿唐李义山的《杂纂》。

③ 家中朝夕供奉以求护持之佛称"持佛"，过去佛教徒家中都有供佛之室，叫"持佛堂"，也叫"佛间"。但佛教讲即心即佛，不都以佛像为重，持佛堂中多佛未必即真通教理。这与前面的多工具，多笔，未必即为能工巧匠和善书者其义相通。

庭前多石、草木①等等；家中多子孙；逢人语多；愿文②中多记本人善行。

多而观之不厌之物：文车③之书、尘冢④之尘。

第七三段

世间传闻之事，真实者无趣，大抵皆谎言也⑤。人之所言皆过实，况历年月，隔地域，信口开合，振笔即书，立成事实矣。

名手精通种种技艺云云，自愚顽与不谙其道者视之，无乃神乎其技，然自精于此道者视之，则俱不足信，盖耳闻者一旦目睹，鲜有不大相径庭者！

且无视事实而信口开合，则当场自然成为谎言。又有自身虽不信以为真，却人云亦云且为之大加渲染者，虽然，终非此人本身之谎言也。有势足以令人信服，但间有模糊不清处，且说者本人亦谓不甚了然，而又终能为之弥缝以自圆其说之谎言，诚可畏也。谎言而于己之声名有利者，人皆不甚争辩。众人皆乐闻之谎

---

① 风景重简洁、明净，不尚雕饰、堆砌，这不仅是作者的意见，日本人过去的审美观大都有此特色。
② 愿文是向神佛发愿祈求来世之安乐或死者之冥福的文字，发愿的内容不外供佛、施舍、写经等等。愿文中自我表白过多，正好表明对神佛不大信任。
③ 文车是一种带轮子的书架，可供搬运书籍之用。
④ 尘冢即垃圾堆。
⑤ 王国维也说过可信者不可爱、可爱者不可信这样意思的话。历史和小说、演义的区别也正是在这里。

言，纵其中一人云"恐未必如是"，亦无济于事；然若闻之而默不作声，则此时即已成为谎言之证人，谎言遂愈益成为事实矣。

总之，世间谎言甚多也。若但视之为世间寻常习见之事，则万事皆当无舛误。下等人所述者皆耸人听闻之事。反之，上品之人则不语怪异之事①。

虽然，神佛之灵迹，降世佛菩萨②之传记，亦非一概不可信者。于此等事，认真相信世俗之谎言则不智，怀疑而不信其有亦不可。大体言之，诚心对待而不迷信，且不持怀疑嘲笑之态度，斯可矣。

第七四段③

人聚居如蚁，东西奔，南北走，有贵者，有贱者，有老者，有幼者，有所往之处，有归来之家，夕寝朝兴，营营者果为何事耶？

贪生谋利，无有已时！养身以待者何事，期待而得者唯老死耳！

老死之来也甚速，念念之间不停。等待老死期间有何可乐？惑者不畏老死而溺于名利，不见死期已近故也。愚人则又以老死

---

① 旧注引《论语·述而》："子不语：怪、力、乱、神。"
② 指佛、菩萨转世化度众生者。
③ 本段可与第七段对读。

为可悲，而妄图常住此世，是不知变化之理故也。

第七五段

苦于无聊者果何心哉！心不外用，故唯一人独处最佳。一从世俗，心即为外物所夺而易惑矣。与人交谈而欲以言语取悦于人即非本心。或与人戏谑，或与人即物相争，时而生怨，时而欢喜，事皆无定也。分别①妄起，得失无已时矣！既迷复醉，既醉复梦。匆匆奔走，惘然忘道，人皆如是也！

然虽不识真道，苟能断离诸缘②而使此身趋静，不参预世事而令此心趋安，则亦可得暂时之乐。生活、人事、伎能③、学问等诸缘皆应弃去，此《摩诃止观》④所云也。

---

① 这里的分别指一个人的看法、意见，按照佛教的说法，它们都带有片面性、虚妄性。

② 佛教中指人同外部世界的各种联系，如妻子、财富、名誉都属外界诸缘，它们是悟道的障碍，烦恼的根源。

③ 伎能指技艺、才能、本领。

④ 《摩诃止观》为天台宗三大部之一，我国隋初高僧天台大师（智者大师）智颛口述法华观心之行法而由弟子章安尊者笔录者，全书二十卷（一本十卷）。止观一词译自梵语。止为停止，指从静处摄心，消除妄念；观为观照，指通过直观而达到最高智慧之境界。摩诃，梵语意为"大"。

第七六段

世间意气薰天之权门，或有喜丧之事，则人群趋之；然高僧若竟亦随俗踵门求见，似大可不必也。虽或亦有故，法师终以远离人众为妥。

第七七段①

世间有一时喧腾众口之事，然本应与之无涉者却知之甚悉，既以语人，复详询于人，是甚不足取！此种情况尤以穷乡僻壤之僧众为甚。彼辈热心探询一如己事，复侃侃而谈如数家珍，竟不知彼辈何以知之如此详尽也。

第七八段

于当世流行之种种奇闻，喋喋传播不休，甚不足取也。然亦有虽事已成旧闻而仍不知者，雅人也。若有新来之人，此时熟人间常谈之事件与物名等等，片言即可会意，相视而笑，却使不解

---

① 本段似应同前段并为一段，谈的都是世俗之僧人。

此之局外人莫名其妙，是则有违世故人情矣。然下品之人则必有此等行径[①]。

第七九段

无论何事均作不甚了然之状，此种态度至佳。上品之人虽知之而不作知之之态，而来自鄙野之辈反作似无所不通之应答。因此闻之者为之无地自容，而其人反自鸣得意，甚卑劣也！明辨之道，必讷于言，不问则不答，是实大佳事[②]。

第八〇段

世人唯好与己不相干之事。法师习武以自炫，关东僻野武士

[①] 从礼貌的角度来考虑，熟人在第三者面前使用他不懂的语言或大谈他不理解的专业，都是不礼貌的。

[②] 鲁迅从另一个角度，从处世的角度谈了这个问题。他好像说过这类的话：同专门家谈话，太懂了被厌恶，完全不懂受蔑视，所以最好是持懂与不懂之间的立场。《庄子·山木》也有类似的说法："弟子问于庄子曰：'昨日山中之木以不材得终其天年；今主人之雁以不材死，先生将何处？'庄子笑曰：'周将处乎材与不材之间。'"

不识引弓而有欲求佛法之色，且作连歌①，嗜管弦。如此则较之自身拙劣之专业，更加为人所诽笑也。唯亦非独法师为然，上达部②、殿上人③等上流人物亦多好武。纵百战百胜，犹未能遂加以武勇之名④，何也？乘势挫敌，此时人皆可称为勇者。兵尽矢穷⑤，终不降敌，从容就义，后始可与言显扬武勇之名也。

生时不宜以武勇自伐，盖武艺者，远人伦，近禽兽之行也。苟非专攻，虽嗜之无益也。

第八一段

屏风、障子⑥等上面之绘画、文字，其以庸劣之笔为之者，岂但望之令人不快，更可推知居室主人亦俗恶之辈也。大体而言，虽自主人所用之道具观之，亦可知主人毫无情趣也。然余非谓凡

---

① 连歌原为两人唱和的问答体连歌，以问答形式由二人分咏上下句；亦有以一人之句与他人之句集合成一篇歌的合作体连歌。后来则多人依次连句有多至五十、一百甚至上千句者，称长连歌或锁连歌。过去有所谓三十六歌仙之说，就是三十六位连歌的作者。

② 上达部指三位以上（即参议以上）的高级官吏的总称。

③ 殿上人指五位以上之官吏，即允许到上殿的官吏，但六位的藏人也能上殿。

④ 旧注引《孙子》："百战百胜，非善之善者也，不战而屈人之兵，善之善者也。"

⑤ 旧注引《李陵答苏武书》："兵尽矢穷，人无尺铁。"有的日本注家认为"兵"意为己方的军队，余意此处仍应按我国古义，解为"武器"。

⑥ 障子类似我国糊纸的隔扇，糊白色薄纸的叫"明障子"，障子上往往有绘画或书法作为装饰。

物必求其精美。为求不易损坏，有制作拙劣而不雅观之物，有欲逗珍奇而增饰种种无用之物者，此种故为烦琐，甚不足为训也。物品有古风而不浮夸，所费无几而格调高雅，斯可矣。

第八二段

或曰："薄绢之装裱甚易损坏，奈何！"

顿阿[①]闻之，曰："薄绢装裱物[②]之上下两端易磨损，轴上螺钿之贝片[③]有脱落者，皆大佳事！"此实为卓见。

或谓一部草纸[④]装帧格调不一，望之令人不快，然弘融僧都[⑤]云："凡物必整齐成套，此无聊人物所为之事。未若参差残缺为佳！"此语诚有味。事事皆整齐一致，实不堪也[⑥]。

未了之事保其原状，不独有味，且予人以生机无尽之感。又

---

① 顿阿（1289—1372），著名歌人，净土派僧人，二条为世之弟子，当时与庆运、净弁、兼好并称为和歌四天王。他是作者的好友，比作者小六岁，有家集《草庵集》以及《井蛙抄》《愚问贤注》等著作。

② 指用薄绢装裱之书画长卷之类。

③ 螺钿系取贝壳内部有珠光部分，切割成种种形状的薄片而镶嵌在画轴或其他器物表面作为装饰者。

④ 草子（或草纸）系装订成册的故事、随笔类作品，一部草子分订若干分册。

⑤ 弘融僧都系兼好同时代人，为权少僧都，居伊贺国（今三重县）佛性寺之遍照院。

⑥ 作者认识到事物的多样性的重要，正是他的卓见。

有人曰："营造大内亦必留若干未了之处。"先贤所著内外之文①，残缺文章段落亦甚多也。

第八三段

竹林院入道左大臣殿②若升迁为太政大臣③，易事也。然而左大臣曰："太政大臣亦无甚可贵，左大臣足矣！"乃出家为僧。

洞院左大臣殿④于此事深为感佩，遂亦不欲求为太政大臣。语云，亢龙有悔⑤，月盈则缺，物盛则衰，万事臻于极盛，是近于破灭之道也。

---

① 佛教称佛经为内典，儒家著作为外典，即这里所说的内外之文。

② 指西园寺公衡（1264—1315），实兼之子，延庆二年（1309）三月至六月任左大臣，应长元年（1311）出家。

③ 太政大臣有如后来的首相、总理大臣，为最高的长官，但并不直接掌理政务，唯因其德高望重而可为天子之师范、天下之仪表，故若无适当人选，宁可不任命。《大宝令》说："无其人则阙。"所以太政大臣又叫"则阙之官"。

④ 左大臣殿指藤原实泰（约1269—1327），西园寺太政大臣公守之子，文保二年至元亨二年（1318—1322）间任左大臣。

⑤ 语出《易·乾卦》："亢龙有悔。"亢龙即上升到极高处的龙，指位至极尊贵之人。龙升得太高，就有跌落下来的危险，所以处尊位者必须小心谨慎，以免有败亡之悔。

第八四段

法显三藏①渡天竺②时，见故土之扇而悲③，卧病欲得汉食。人闻之，曰："斯人何以竟不胜情若此，而令异邦人见之耶！"弘融僧都曰："深情之三藏也！"如此则僧都不持世俗法师之陋见④，诚可亲已！

第八五段

人心非纯真之物，故不得谓之无伪。然则世间安得无正直之人。一己纵非正直，然见贤而心羡之，世之常情也。惟至愚之人

---

① 法显三藏（约337—约422），我国东晋时高僧，平阳龚氏之子，东晋安帝隆安三年（399）（一说隆安二年）偕慧景、道整等自长安出发赴印求法，归国时携经典多部并加以翻译，其中包括《大般涅槃经》。所谓三藏，指通经（释迦佛所说法）、律（佛教徒应守之戒律）、论（佛弟子有关教义之论述）的高僧。

② 天竺即印度。

③ 旧注引《高僧法显传》："法显到狮子国，一僧伽蓝，名无畏山，有五千僧，起一佛殿，金银刻镂，悉以众宝，中有一青玉像，高三丈许，通身七宝，焰光威相，非言所载，右掌中有一无价宝珠。法显去汉地积年，所与交接，悉异域人，山川草木举目无旧，又同行分披，或流或亡，顾影唯己，心常怀悲，忽于此玉像边，见商人以晋地一白绢扇供养，不觉凄然，泪下满目。"

④ 这一段在于揭露世俗法师的虚伪，装作槁木死灰的样子，没有一点人的味道，实则佛法与人情本不应相背，即在行住坐卧间求之可也。

偶见贤者则憎之，且谤之曰："彼欲谋大利而不屑小利，故矫情以立名耳！"正唯己心不同于贤者，故嘲骂之也。可知此类人下愚之性固不可移①，纵伪弃小利亦不能也。故愚，万不可学。仿狂人走于大路，即狂人也；仿恶人而杀人，即恶人也。学骥即骥之种，学舜即舜之徒②，虽伪而学贤，犹可称贤也③。

第八六段

惟继中纳言④其人颇富于风月之才⑤，一生精进⑥，诵读佛经，与寺法师圆伊僧正⑦同宿，文保⑧年间三井寺焚毁时，谓僧正曰：

---

① 参考《论语·阳货》："唯上智与下愚不移。"
② 《法言》："睎骥之马，亦骥之乘也；睎颜之人，亦颜之徒也。"又《孟子·告子下》："尧舜之道，孝弟而已矣，子服尧之服，诵尧之言，行尧之行，是尧而已矣。"
③ 这说明他至少还有一点是非、羞耻之心。
④ 惟继中纳言（1266—1343），平氏葛原亲王之后裔，平高兼之子，元德二年（1330）任权中纳言，建武二年（1335）任文章博士，晚年出家。《玉叶集》等敕撰集收了他许多诗歌作品。
⑤ 指诗才。《文心雕龙·明诗》："文帝陈思，纵辔以骋节，王徐应刘，望路而争驱。并怜风月，狎池苑，述恩荣，叙酣宴。"
⑥ 精进，梵语毗梨耶之译语，断绝他务专修佛道之谓。慈恩《上生经疏》："精谓精纯无恶杂故，进谓升进不懈怠故。"
⑦ 寺法师之寺指三井寺。寺法师即天台宗三井寺（园城寺）之僧。与之相对，比叡山延历寺之僧则称山法师。圆伊为权大纳言藤原伊平之孙，也是有名的歌人。
⑧ 文保为花园天皇年号。文保三年（1319）四月二十五日延历寺徒众焚毁三井寺。按文保三年四月二十八日即改元为元应元年。

"往者人称上人为寺法师，今寺既已不存，今后唯称法师可也。"此乃非常之警句也。

第八七段

饮贱人以酒，宜慎为之。

宇治①某男子与京中一风雅之遁世僧②名具觉坊者往来甚密。具觉坊者其妻弟也。某日，此男子备马往迎具觉坊。具觉坊曰："远道来此，请先以杯酒饷马夫！"即出酒款待来者。马夫拜受，连饮多杯。马夫佩大刀，状甚勇猛，具觉坊颇倚重之，故召与偕行。既至木幡一带，适逢奈良法师③率士兵④多人经过，马夫乃进前叱曰："日暮来山中，大可疑，止步！"言讫拔刀，众士兵亦皆拔刀引弓以对。

具觉坊乃搓手谢曰："此奴已醉，非本意也，万祈宽恕！"众士兵始各讲嘲弄之语而去。

然此马夫竟于此时转向具觉坊，怒曰："法师所为诚令人气闷之至！余非醉也。本拟一显身手，奈何拔刀竟无所作为也？！"

---

① 宇治指京都南郊宇治川两岸之地，平安时期为贵人游乐之所。本段中木幡、宇治大路、栀原等当即这一带的地名。

② 过着脱离俗务的出家人生活，但既无僧位又无住持之寺的在家和尚，和"居士"有若干相似之处。

③ 奈良法师当指奈良东大寺或兴福寺的法师。

④ 这里指护寺的士兵，有时陪同法师出来向庄民征收赋税兼负保护之责。

继而挥刀乱斫,坠具觉坊于马下,且狂呼曰:"山贼!"乡人等寻声而至,马夫复呼曰:"俺即山贼也!"因到处砍杀,伤人甚众,然终为众人所制且绳缚焉。溅血之马乃自行返回宇治大路之家[①]。众人惊闻此事,随即赶来,见具觉坊此时正于柜原伏地呻吟,遂昇之以还。虽云九死一生,然腰部负伤,终成残废也。

第八八段

有自称持小野道风[②]所书《和汉朗咏集》[③]者。人闻之,曰:"君之传家宝物当有所本?然以四条大纳言[④]撰述之著作而道风书之,于时代似有不合之处[⑤],是为可疑也。"

然而此人竟答曰:"唯其如此,是诚极为珍贵之物也!"乃愈益秘藏之。

---

① 主人当居于此地。
② 小野道风(894—966),著名书法家,与藤原佐理、藤原行成并称三迹或三笔。篁之孙,葛绂之子,历仕醍醐、朱雀、村上三朝,任从四位上木工头。
③ 《和汉朗咏集》为诗歌集,两卷,藤原公任编,一说纪淑望编,一说诗为公任编集,歌后为师亲所加,书成于长和二年(1013),集中录收和汉诗文佳句与和歌等。
④ 四条大纳言即藤原公任(966—1041),关白赖忠之子,诗歌管弦无一不精,因号称有三船之才。仕一条、三条、后一条三代,官至正二位权大纳言兼按察使。
⑤ 按小野道风殁于康保三年(966),是年藤原公任方出生,则先死者何能为后来者作书,故可疑也。

第八九段

或曰："深山有所谓猫股①者，能食人。"亦有人曰："此间虽非山区，然猫经多年修炼亦可化为猫股，有噬人之事。"

有法师居行愿寺②附近，念诵何阿弥陀佛③且作连歌。彼闻知此事，自忖独行时当倍加留心也。其时唯彼一人于某地作连歌后深夜返回；至小河边，他时耳闻之猫股，果突然向足边奔来，且立即飞扑欲噬颈部。法师魂飞魄散，防身无力，欲立不能，遂跌入小河，狂呼曰："救我！猫股也！伙颐！伙颐！"附近人家持松枝火把等走来，乃知系附近相识之僧也。众曰："果何事耶？"遂将彼自河中抱出，而彼怀中所持连歌之采头④，如扇、小盒等物亦

---

① 猫股，汉字又写成"猫又"，即所谓猫精。在日本，传说猫成精之后，尾巴分为两股，能害人。又《明月记》天福元年（1233）八月二日之记事云，奈良出现了一种叫猫股的怪兽，一夜间咬了七八个人，也有被咬死的。后此兽被打死，其目如猫，其体如狗。

② 行愿寺为一条天皇时期（986—1011）由僧人行圆所创建，在京都中京区（原上京区革堂町）。此寺为天台宗延历寺之别院，又名革堂。按《元亨释书》："释行圆，镇西人，宽弘二年（1005）游帝城，头戴宝冠，身披革服，都下呼为革上人……营行愿寺，安千手像，以圆衣革，俗呼行愿寺为革堂。"

③ 何阿弥陀佛即什么阿弥陀佛。中世以来，出家者为了借阿弥陀佛之力，往往在阿弥陀佛的名号上加上善字或真字作为自己的名字，后来这种名字就缩短为观阿弥、世阿弥、竹阿、顿阿等等。一说作者表明上面的话没有听清楚，故漫以"何"字当之。二说以后说较胜。

④ 采头即优胜者之奖品，亦犹我国猜灯谜时为猜中者所备之奖品。

俱浸水矣。

万幸哉得此一命，乃匍匐还家。实则所谓猫股乃彼所饲之犬。此犬虽于暗中亦识主人，故飞扑而来也。

第九〇段

大纳言法印①有童仆名乙鹤丸者与名为也须罗②殿者相知且时相过从。某日，乙鹤丸自彼处归来，法印问曰："赴何处？"答曰："赴也须罗殿处。""然则彼也须罗殿俗人耶？法师耶？"童仆乃合两袖答曰："如何耶，未令见首也！"③

然而何以唯首不得见耶？！④

---

① 具体指何人不详。法印为高级僧位，在僧正之下。全称法印大和尚位。《职原抄》："法印，准四位殿上人。"这里的大纳言法印或指大纳言出家者，或指大纳言之子出家者。
② 也须罗，原文作やすら，无汉字，旧注认为可能同近江国栗田郡之安良有关。
③ 合两袖云云，古注认为是难为情的表示，因而认为他们可能有男色的关系。
④ 有的本子无此末句。

第九一段

　　赤舌日事①阴阳道②未之言。古人原不忌此。近日何人言及而始忌之乎？俗谓此日凡事皆不顺遂，此日所言所为之事皆不成，入手之物失之，企画之事不成云云，皆愚昧无知之论也③。选吉日而为之事，若计其不顺遂者，其数亦应与顺遂者相埒。论其故，盖世间乃无常变易之境。视以为有者，其实不存。始者不终，志不遂而望亦不绝。人心不定，物皆幻化。何事能片刻不易？然人率皆不悉此理。吉日为恶必凶，恶日行善必吉，吉凶由人，不由日也④。

---

　　① 赤舌日又称赤口日、赤日、赤或赤之日。《贞丈杂记》云："赤之日为赤口神所主之日，是日不宜辩舌，阴阳师之说也。"按迷信的说法，赤口神为太岁（木星）之西门神，役使六鬼，其中第三鬼罗刹神性凶暴，当之之日即赤舌日，应慎之又慎。赤舌日每月五次，俱有定日，正月七月相同（三、九、十五、二十一、二十七）；二月八月相同（二、八、十四、二十、二十六）；三月九月相同（一、七、十三、十九、二十五）；四月十月相同（六、十二、十八、二十四、晦日）；五月十一月相同（五、十一、十七、二十三、二十九）；六月十二月相同（四、十、十六、二十二、二十八）。但古注引安倍晴明之《簠簋内传》谓赤舌日与赤口日有别，总之即凶日也。

　　② 泛指以天象、历数、地势、房屋等等卜人休咎的巫术，以此为生的称阴阳师。我国俗称阴阳先生或风水先生。旧称堪舆家。

　　③ 有的本子此句上有"此の事"，可译"凡此种种"。

　　④ 旧注引《事文类聚》（前集十二）引五代吴人沈颜之语曰："吉凶由人，焉系时日。"

第九二段

有习射者手持二矢以向的。师匠曰:"初学者勿持二矢。恃后矢,则有忽前矢之心。每射宜无得失之念,唯思以此一箭定之。"①

师匠之前,虽仅二矢,亦不得忽其一矢也。懈怠之心,己或不觉,然师匠知之。射事之诫,虽施之万事可也。学道者夕当虑朝,朝当虑夕,以期精进于来日。况于刹那之间,能自知有懈怠之心乎?何故于当前一念,甚难立即着手耶?②

第九三段

或曰:"有卖牛者,买者约定明日付值取牛。然是夜牛死,则于买者有利而卖者受损矣。"

旁有闻之者,曰:"牛主诚有所损,然亦有大利。试论其故,盖生者不知死之将至,牛既如此,人亦皆然。牛之死,非所意

---

① 这里是强调必胜信心的重要性。这种信心在较量中不可有片刻的松弛。在有二矢的情况下,射第一矢时心中还有一个退路,就难以专心致志地去射,这也就埋下了失败的种子。背水一战往往能绝路逢生,也就是这个道理。

② 佛教认为从人诞生那一天起,念念相续,直到死亡,每一念都在生灭流转之中,其势十分急迫,修持者应专心念佛,片刻不能虚度。本书在很多地方从佛教的立场谈到这一点。但这种分秒必争的精神,用之于他方面,也是很起作用的。

料，然主人之生亦若此。一日之命重于万金，而牛价轻于鸿毛①，得万金而失一钱，可谓损乎？"闻者皆嘲之曰："此理可不限于牛主也。"

又曰："厌死者宜爱生，生存之乐岂可不日日享受之耶？愚者忘此生之乐，劳苦以求身外之乐②。忘此生之财③，而危身以贪他财，贪求复无满足之时。生时不知乐生，临死而又畏死，应无是理。人皆不乐生，不畏死故也。非不畏死也，忘死之将近故也。超生死之相，始可谓识得真理矣。"

人闻此而愈益嘲笑之④。

第九四段

常磐井相国⑤上朝途中，遇持敕书之北面武士⑥，武士下马敬

---

① 旧注引司马迁《报任少卿书》："人固有一死，或重于泰山，或轻于鸿毛。"
② 此生之乐云云，非佛教用语，亦非佛之本意，盖佛教以世间法为无常，以人世为苦海，为火宅，有何乐可言，从与身外之乐（欲）对举观之，则所谓乐生，实修道之谓，非今日之所谓乐生也。
③ 生之财谓人之生命本身为无价之财富，以其能修持故也。
④ 《老子》："上士闻道，勤而行之；中士闻道，若存若亡；下士闻道，大笑之。"此所谓曲высоко高而和者愈寡。
⑤ 常磐井相国指太政大臣西园寺实氏（1194—1269），太政大臣公经之子，歌人，历仕土御门帝以下六朝，为后深草、龟山二帝之外祖父。常磐井为相国官邸所在处，在大炊御门京极。
⑥ 北面武士系白河院时初设之职位，为警卫院中之武士，因居于院御所之北面，故名。四位五位者为上北面，六位者为下北面。

77

礼。相国后论及此事，曰："北面武士某手捧敕书遇余而下马，如斯之人，何能仕君？"因解北面武士之职。

敕书宜于马上捧示之，不宜下马也①。

第九五段

或询诸精于掌故者曰："于箱上刳孔穿纽时，应取何侧？"答曰："有两说，一说在轴之一侧，一说在表纸之一侧，二者皆无不可。信件箱多在右，杂物箱则常在轴之一侧也。"

第九六段

有草名豨莶②者，凡为蝮蛇③噬伤之人，捣碎此草敷之立愈。此方宜知之也。

---

① 捧示敕书，系表示有皇命在身，不能行礼，不是把敕书打开给对方看。
② 豨莶，菊科一年生野草，茎略呈方形，高一米左右，叶卵状，顶尖，有锯齿，对生，有毛，秋季开黄色小头状花，果实有粘毛。日本各地原野均有野生者。
③ 蝮蛇是一种体长约七十厘米的毒蛇，头三角形，颈细，尾短小，全身暗灰色，有黑褐色的钱形斑，日本各地均有。

第九七段

有附着于他物而破坏之者,其数盖无限也。身有虱,家有鼠,国有贼,小人有财①,君子有仁义②,僧有法③。

第九八段

曾见记高僧大德之言论之杂记似名《一言芳谈》④者,记其有同感者如下:

一、行乎?抑不行乎?当此不决之时,大体先以不行为佳也。

一、苟欲思身后之事⑤,则虽糠酱之瓶亦不得保有之。至于随身之经卷、佛像,而欲求其精美,甚无谓也。

一、遁世者⑥不以无一物而感不足,如此度世,最妙之方也。

---

① 小人的财会腐蚀他干更多的坏事。
② 参见《老子》:"大道废,有仁义。"古注引比干、夷齐之例说明因笃守仁义而招祸,但这似非作者的本意。作者的意思似在指出标榜仁义的虚伪性。
③ 法指佛教的形式的方面,出家人为法所囚则不得悟道。
④ 《一言芳谈》主要记载净土宗高僧法然等之名言,约百六十余条,分上下两卷,编者不详,编定于镰仓末期,收入《续群书类从》(840)。
⑤ 身后之事即死后往生极乐之事。
⑥ 遁世者指出家的人。

一、上﨟①应为下﨟，智者应为愚者，德人②应为贫者，能者应为无能者。

一、志于佛道者并无别事。以有暇之身而不记世间诸事，此第一之道也。

此外尚有若干条，皆忘却而不复记忆矣。

第九九段

堀川相国③，美男子且性格愉快之人④也，于诸事皆尚豪奢。

---

① 﨟为腊，腊为我国古时年终大祭名，佛教徒用来指僧侣修行的年数。每年夏季四月十六日至七月十五日九旬间闭门不出，进行坐禅、写经等修行活动，称坐夏、夏行或安居。每一次即称一﨟。僧之位次分上﨟、下﨟，即以﨟次之多少为准。朝廷也援用此词指上下级朝廷贵族等等。

② 这里指富人，不是有道德的人。按本段所引五条语录，第一条为明禅法印语；第二条俊乘房语，后半（"至于随身……"以下半句）为解脱上人语；第三条圣光上人语；第四条松荫显性房语；第五条行仙房语。

③ 堀川相国即久我太政大臣源基具（1232—1297），岩仓内大臣具实之子，伏见天皇正应二年（1289）任太政大臣。

④ "性格愉快之人"（原文たのしき人），有的旧注认为是"富有财宝的人"的意思。

其子基俊卿①为大理②,于执行公务时见厅屋③之唐柜④破旧,乃谓可改制为精美者。熟谙掌故之诸官闻之遂曰:"此唐柜传自上古,不知其始⑤,已数百年矣。累代之公物虽破旧而足以为制作之楷模,未可轻易改制也。"其事遂寝。

第一〇〇段

久我相国⑥于殿上饮水时,主殿司⑦奉以土器⑧,相国曰:"请易以杓⑨!"遂以杓饮之。

---

① 基俊卿(1261—1319),源基具之次子,弘安八年(1285)任检非违使别当,后官至正二位权大纳言。
② 大理即日本的检非违使,此处的大理也是借用我国古时的名称(大理为掌刑法之官)。
③ 办公处。
④ 唐柜是从中国带来的带脚的文书柜。
⑤ 不知道是怎么到这里来的。
⑥ 久我相国即太政大臣源通光(1187—1248),显房之子,宽元四年(1246)任太政大臣,为新古今时代之歌人。
⑦ 主殿司古称殿司,为后宫十二司之一,掌舆伞、膏沐、灯油、火烛、薪炭等事。
⑧ 节会时使用的陶杯。
⑨ 杓,原文作まがり,有的注家认为是木碗,有的认为是用贝制的饮器。

第一〇一段

　　某人于大臣亲任式时任内弁①，然未取内记②之宣命③即上殿，此乃甚为失礼之事，但又不得归取。

　　当此手足无措之际，六位之外记④康纲⑤商之衣被⑥之女官取来宣命而悄然与之。此举诚大佳事也。

第一〇二段

　　尹大纳言光忠入道⑦为追傩⑧之上卿时，曾请示仪节之次第于

---

　　①　内弁为举行亲任式时在承明门内备办诸事之上卿，在门外应事者为外弁，由大臣或大中纳言担任。
　　②　内记为中务省起草诏敕之官员。中务省内置"大内记"二人。
　　③　宣命指任命大臣时之敕命，凡即位、立太子、任命大臣、铸钱等国家大事，均通过宣命遍告国人，宣命全用汉字（犹西方用拉丁文），以示郑重。
　　④　外记，少外记之别称，为太政官起草奏文并勘正内记起草之诏书等，约相当今日之内阁书记官。
　　⑤　康纲即中原康纲，康纲于文保元年（1317）任少外记，建武元年（1334）任权大外记，五年后殁，年五十五。
　　⑥　衣被，参见第六〇页注①。
　　⑦　光忠入道指内大臣源有房之子源光忠（1284—1331），尹为弹正台之长官，时光忠还兼权大纳言（正二位）。入道指致仕后出家的人，光忠入道后称贤忠。
　　⑧　十二月晦日举行之驱鬼仪式，参见第一九页注③。此处谓光忠主持这一仪式。

洞院右大臣殿①。答曰："可请教于名又五郎之男子②，此外别无他法也。"

又五郎者，年老之卫士③，熟谙朝廷仪节。昔近卫殿④入座时忘携膝垫⑤，因召外记为取之。时又五郎正值举火，闻此乃喃喃自语曰："宜先设膝垫也。"

此语诚有味也。

第一○三段

大觉寺殿⑥诸近侍制谜以相娱。时医师忠守⑦正来此处，侍从大纳言公明卿⑧乃制谜曰："忠守望之似非我朝之物。"有解为唐瓶

---

① 按之史实右大臣应为左大臣，可能指第八三段中之藤原实泰，但也有人认为应指他的儿子太政大臣公贤任右大臣时之事，这样"右"字便不误了。

② 原文作又五郎男，这男字表明他是一个身份低贱的人。

③ 卫士为左右卫士府（后称卫门府）之官员，职责是守卫宫门和举火守夜。

④ 近卫殿具体指何人不详。按作者执笔当时，近卫家的主人系关白经忠，可能此处即指此人，参见第一六三段。

⑤ 举行仪式时用于拜跪的一种三尺见方的垫子。

⑥ 今京都市右京区广泽池西岸之有名寺院，原为嵯峨天皇之离宫，荒废后经宇多法皇重建而隐居于此，称大觉寺殿。

⑦ 忠守为典药头丹波长有之子，为宫内卿、歌人、《源氏物语》研究者。丹波氏为来自中国之归化人阿智使主之后裔。

⑧ 公明卿指藤原实仲之子三条公明（约1281—1336），延元元年（1336）五月任权大纳言。有的注者认为这里的大纳言应是中纳言。

子[1]者,众大笑。忠守闻之愤愤而去。

第一〇四段

某女子幽居于人迹罕至之住所。何所避忌,不知也。某男子于傍晚朦胧月出之际悄然来访,犬见之猖猖而吠。侍女出视,曰:"来自何方?"旋引之入内,一望情景甚为凄凉,因念于此等处何以度日,心窃憾之。

彼暂立于粗陋之地板上,闻有人[2]以娴静稚气之声曰:"请入!"遂自开关不便之遣户[3]而入。

室内光景则非荒凉若此。气氛幽雅,对面之火朦胧隐现,因而四周之物皆闪闪有生气。薰香非因客来而仓促燃点者,故其香味予此住居以亲切之感也。

---

[1] 唐瓶子暗示忠守的归化身份。按忠守与平清盛之父忠盛之音相通,而瓶子又与平氏之音相通,故有此双关的联想也。唐字扣"非我朝之物",即来自中国之舶来品之意。

[2] 旧注大都认为这话是另一个侍女讲的,但是从文意来判断,这话应当是女主人讲的,因为如本段所述,这里地方不大,主人纵为贵族,也不可能侍婢成群,只一个侍女同主人作伴气氛是合拍的;再说,作者用娴静稚气之声表明主人的少女身份,有画龙点睛之妙,所谓未见其人先闻其声是也。

按本段之行文,作者是模仿《源氏物语》的写法,用的也是纯平安朝的笔调,既似叙事,又似回忆,主客观的场面,即兴的印象,象电影的特写似地一一连续出现。这种文字只可意会,不能用语法家的逻辑苛求之。

[3] 遣户,参见第四七页注①。前面交代地板粗陋,则遣户也必定年久失修或制作简陋而开关不便,作者所以特别点出这一情况,是为了渲染背景的荒凉气氛。

女曰："请妥为闭门，似有雨，祈将车安置门下，随身用人亦请妥为安排住宿。"①〔随行众人〕②切切私语曰："今夜当得安睡也。"声虽低，然因居所狭小，故室内亦得隐约闻之。

〔来者〕乃为主人缕述近日诸事，斯时也，夜色渐深，鸡亦初鸣。自过去乃至未来诸事莫不倾心叙述。此次则雄鸡高鸣，闻之似天之大明耶？唯因此处为毋需乘暗夜匆匆起身离去之地③，故起身可稍从容，而隙间已发白矣。

一夜相会之事既云难忘，起而作别之时，树梢与庭中草木均呈罕见之青色。卯月④破晓景色，美而有趣。夜间之事，车中思之，至堪回味，行行渐远，犹回顾巨株桂树，终至不得见也⑤。

第一〇五段

家屋北侧背阳处未融之雪已固结为冰，彼处车辕上，凝霜闪

---

① 这句话旧注大都认为是一个侍女的话，但从全段看，这也应当是女主人对侍女讲的话。

② 方括弧内的词译者所加，后同。

③ 开头描写的荒凉之地说明这里是一个安全的幽会之所，所以不必忙于在暗夜中匆匆离去。

④ 卯月指农历四月，时当初夏。

⑤ 全段以对桂树的特写为结束，盖取其大，因此作者特别点出"桂の木の大きなるが"，这种微妙之处只能从原文体会，而译者这里只好用巨株来表达。如此巨树终至不见，这说明男子回顾了很远的一段路。

闪作白色，映于晨月①朗朗光照之中。

然亦有未能照到之处。

此时御堂②廊下无人处，有气度高贵男子与一女子坐于柱间横木上絮谈某事，似无尽也。自发式③、容貌观之，女子亦相当上品之人。不可名状之香气飒然来袭，实为有味。交谈之风度与夫传来之片言只语亦颇优雅动人。

第一〇六段

高野之证空上人④上京途中于狭路遇乘马女子。为女子牵马之男子其技不佳，因而将上人之马挤入壕沟之内。上人甚怒，因责

---

① 原文作有明之月，指农历十六日以后之月，因天明时仍在空中之故。本段和前段相同，也是用平安朝笔调描述男女间恋情的。开头点出房后之车，显系男子乘车至女处幽会，虽冬日寒晨，凝霜坚固，二人仍于僻处絮语不止。

② 御堂原义为佛寺的正殿，这里似应是贵族在市郊的别庄之类的正堂。一般是贵族退隐或出家后居住之所。

③ 原文直译应当是"头部前倾的样子"。此处作者用它来暗示女子的美的发式。

④ 高野即纪伊国（和歌山县）伊都郡高野山，为弘法大师开创之真言宗本山，有金刚峰寺。证空上人未详。法然上人之弟子以及三井寺均有同名之人，但不能证明即是此人。

曰："此乃稀有之狼藉①也！四部之弟子②，比丘尼劣于比丘，优婆塞劣于比丘尼，优婆夷劣于优婆塞。以如斯优婆夷等之身，竟将比丘蹴入壕沟之内，实未曾有之恶行也！"

牵马之男子曰："所言者何事，俱不解！"上人益怒，曰："何等非修非学之男③！"言讫似又觉出言不逊，乃牵马返身遁去，此真可谓庄重之争吵也！

第一○七段

女子有所问而能应答及时且得体之男子，诚为难得也。龟山院④时，善谑之诸女官试询于入朝之诸少年曰："闻杜鹃乎？"某大纳言答曰："以余不肖之身，不得闻也。"然堀川内大臣殿⑤则曰："于岩仓⑥似曾闻之也！"

---

① 狼藉，此处是胡作非为之意。
② 佛弟子分为四部：比丘、比丘尼、优婆塞、优婆夷，都是梵语的译音。比丘为靠乞食为生之男子出家僧；比丘尼为乞士女，即女子之出家者；优婆塞为在家信奉佛教之男子，称信男；优婆夷为在家信奉佛教之妇女，称信女。比丘者上人自称，优婆夷则指骑马之女子。
③ 不修佛道，又没有学问的男子。
④ 龟山院为龟山天皇让位后的称呼，参见第四三页注④。
⑤ 堀川内大臣殿即第九九段的堀川相国源基具之子具守（1249—1316），后二条帝之外祖父，正和二年（1313）任内大臣，号岩仓之内大臣。
⑥ 岩仓，今京都市左京区岩仓附近有具守之山庄。

诸女官评曰："此答无可非议，然自称不肖之身则不妙矣①。"

凡诸男子皆应有不为女子所诽笑之教养。人有云："净土寺前关白殿②自幼因曾受教于安喜门院③，故颇擅辞令。"山阶左大臣殿④则曰："为下贱之女所视亦甚觉可耻，中心忐忑不安。"若世无女人，则凡诸衣冠装束等皆可不牵挂于心，亦当无服装整饬之人也。

因思及如此为人引以为耻之妇女，竟具有何等广大之神通。女之本性皆执拗邪僻，人我之相深⑤，甚贪欲且不识物之理，一心但向迷惑之途，巧于辞令，虽言之无碍之事问时亦不言，似城府甚深，然而骇人听闻之事，却复不问自说也。女子深自伪饰，其智慧殆似有过于男子，不知随后立即显露真相也。

女子者愚顽不足道者也。顺彼之心而欲取悦于彼，岂非至愚耶？

如此则于女子更有何可耻之事可言耶？若为贤女，则不可亲且可厌矣。唯迷于色而从之之时，始觉女人优雅而可爱也。

---

① 意谓谦卑太过，有失身份，故论者不以为然。
② 前关白殿，过去注家认为是九条师教（此人之母为西园寺公相之女），但此人并无净土寺之称号，而师教之父忠教（1243—1332），其母为净土寺相国公房之女并为安喜门院之妹。此人曾受过安喜门院的抚育，所以前关白殿应指忠教。
③ 安喜门院为后堀河天皇之女御（高级女官），名藤原有子，为净土寺太政入道公房之女。
④ 山阶左大臣殿，又叫洞院之左大臣，为太政大臣公经之子西园寺实雄（1217—1273）。他是伏见天皇的外祖父。
⑤ 人我之相深为佛教用语，意思是把我和别人分得很清楚，重己而轻人，则表现为贪欲和自私，究其实，则所谓"我"，也不过是地水火风等要素一时的假合，最终仍都化为乌有，因此不值得去留恋它（所谓破除我执）。

第一〇八段

世无惜寸阴①者。

此深知其理故耶？抑愚昧故耶？请为愚且懒者言之：一钱者，轻微之物也，然多积之贫者可以致富。故商人虽一钱而甚惜之。刹那之间，人多忽之，然积之不止，命终之日忽焉而至。故志道之人不惜已逝之悠悠岁月而唯惜当前一念，不使空过也。

若有人来告我命必尽于明日，则今日存命之间可恃者何事，可为者又何事耶？然而我等存命之今日一日与彼时②复有何异？一日之中，饮食、便通、睡眠、言语、行走等等不得已而浪费多时。其余暇虽不多，却用之于为无益之事，讲无益之语，思无益之事，如此则岂止推移时间，是为旷日度月送却一生，愚之尤者也。

谢灵运③虽笔受④《法华》，而心常在世间风云，故慧远⑤不许

---

① 《淮南子·原道》："故圣人不贵尺之璧而重寸之阴，时难得而易失也。"寸阴喻很短的时间。

② 当指命尽前之一日。

③ 谢灵运（385—433），晋谢玄之孙，袭康乐公，擅诗文，入宋为永嘉太守、临川内史，后因事徙广州，终因被控谋叛而被杀。

④ 笔受谓将口授的译文加以笔录并润饰之也。旧注引《长水楞严疏》："笔授或云笔受，谓以此方文体笔其所授梵本，缉缀润色，令顺物情，不失正理也。"又引《楞严摸象记》："译者最初易梵为华也，译语者成其章句也，笔授者润其辞致也，而证译者总为参详校正也。"

⑤ 慧远（334—416），东晋高僧，住庐山虎溪东林寺，原出雁门贾氏，从道安大师出家。

结白莲之交①。虽暂时亦不惜光阴者，与死人何异耶。至于何以爱惜光阴，则内无思虑，外绝世事，欲止者止欲修者修②是也。

第一〇九段

以攀木而驰名之某男子使人攀高树以伐枝。攀登者至高危处时，彼不发一言；然迨攀登者下降至屋檐高度时，彼始曰："毋失足，宜当心！"

余问曰："下降至此处，虽一跃而下可也，何以复作此言？"答曰："正应于此处言之也。夫人攀至高处，目眩而枝危，彼自知有所戒惧，故不待言之也。唯失误多生于易处之地，故非言之不可。"

此人虽为下贱之细民，然其言颇合圣人之旨③。蹴鞠④亦然，难处既过，苟掉以轻心，其落地也必矣。

---

① 慧远以东林寺池中多白莲，因召僧俗百二十三人结白莲社，同修净业，但不许谢灵运入社。《事文类聚》（前三五）："谢灵求入净社，远师以心杂止之。"
② "止"与"修"有种种解释。一般的解释是"止住万事的干扰而一心修道"，有的注家认为是"止恶修善"的意思。
③ 旧注引《易·系辞》："君子安而不忘危，存而不忘亡，治而不忘乱，是以身安而国家可保也。"
④ 蹴鞠，就是今天的踢球。古时的球也用皮缝制，中实以毛，但无弹性，所以高超的技艺表现在踢时不使球落到地上。就象《水浒》中对高俅的球艺所描述的那样。

第一一〇段

双六①之名手某，人或询之以致胜之道，答曰："进子不必求胜，求不败可也。苟能致速败，此着即不用。虽一着，亦当以缓败为务。"

此明道之教也，修身保国之道亦然。

第一一一段

好围棋、双六而以之排遣时日之人，余意其罪恶盖过于四重五逆②。此某高僧之所云，尚留于余之耳际者，诚至理名言也。

---

① 奈良朝以前自我国传入日本的一种赌胜负的游戏，与今天日本的所谓绘双六不同。木盘双方各十二格，有黑白马十二对列，双方轮流自竹筒掷出一对骰子，依点数按格走马，以将己方之马最先送入对方者为胜方，大致和今天的跳棋相似。
② 四重指佛教的四重禁戒，即杀生、偷盗、邪淫、妄语；五逆指佛教的五种逆罪，即杀父、杀母、杀阿罗汉、破和合僧（离间僧人）、出佛身血。

第一一二段

有自谓明日欲赴远地者①，孰能闻此而付托以必心境沉着而始能为之之事耶？

有急难大事与悲痛遭遇者，他事皆不入耳，亦不问人之忧喜。虽不问，亦无人抱怨彼何以不问。准此，则年事日长之人、疾病缠身之人，皆然也，矧遁世之人乎！

人间之交往，欲去之无一不难。若随世俗而难于缄默，则交往不绝，欲多身苦，心无暇日，一生但阻于杂务小节，空空度过矣。

日暮而途远，吾生已蹉跎②。当前正放下诸缘③之时也。既不欲守信，亦不欲顾及礼仪。不解此意者谓此为狂人，谓此为丧心与无情。然谤既不介意，誉自亦不入于耳也。

第一一三段

年过四十者暗中仍有好色之心，此亦无可奈何之事也！然而

---

① 指时间紧迫或有急事、要事的人。作者在这里比喻急于修持的人。
② 旧注引《唐书·白居易传》："日暮而途远，吾生已蹉跎。"
③ 指除衣食住行等必需的活动外同外界的一切联系。

出之于口，或信口胡云男女间事或他人之此等事则诚为不似且甚不雅驯也。

大体言之，闻之不驯、观之不雅之事则有：老年人置身青少年间为之助兴并放言无忌；以下贱之身述及当代名流时若密友然①；贫家好设酒宴，款客备极豪奢等是也。

第一一四段

今出川之大臣殿②赴嵯峨③途中，于有栖川④渡口水流处，驭者赛王丸⑤因驱牛速行，致使牛蹄溅水于车之前板。时为则⑥侍乘于御车之后，叱曰："牛童岂有此理！焉得于此处驱牛速行！"

大臣殿闻之不快，曰："汝驾车之术未必优于赛王丸，是汝岂有此理！"

---

① 指标榜、招摇的恶习。
② 旧注认为是指菊亭兼季（参见第五九页注④），现在研究者一般认为指太政大臣西园寺公相，实氏之子，文永四年（1267）先于其父而殁，年四十五。
③ 嵯峨为京都市西北右京区之地名，隔大堰川与岚山相对，有天龙寺、清凉寺、大觉寺等名刹，古时以岚山为中心，为观赏樱花红叶之胜地。
④ 京都西郊船冈以东之小河，又叫有巢川，曾流经斋宫之野宫之侧，今已不存。一说是从太秦去法轮途中之小川，今亦不可考。
⑤ 赛王丸或写作"さい王丸"，他是当时著名之牛童，其名曾见于《骏牛绘词》。
⑥ 为则是人名，当系大臣之仆从。牛车一般可乘四人，前后各二人，从者后坐。

言讫，按为则之头以触御车。

此著名之赛王丸乃太秦殿①之仆从，专用之牛童也。太秦殿之侍女，今举其名：一人曰膝幸②，一人曰牿槌③，一人曰饱腹④，一人曰乙牛⑤。

第一一五段

有地名宿河原⑥，暮露暮露⑦来集者甚众。众僧于九品念

---

① 太秦殿，旧注认为是坊门内大臣藤原信清，殁于建保四年（1216），但实际上他比赛王丸要早得多。按太秦在京都市右京区，因圣德太子创建之广隆寺而有名。有的注家认为太秦殿似为西园寺家之别称，因该家族为当时第一爱牛家。

② 以下名称看来都是因牛的特色而起的名字然后用之于人者。但解释又都比较牵强。膝幸，旧注认为可能指膝部较粗壮的牛。

③ 旧注认为指头大而强健之牛。按"牿"字即原文之"こと"，但此字不见于字书；也有写作"牸"字的，但其义为牝牛，似与字义不符；还有人以为应是"特槌"之误，引《和名抄》："特牛，俗语云古止此，头大牛也。"

④ 饱腹，一本作胞腹，旧注认为当指大肚子的牛，牛以腹大为贵。

⑤ 乙牛，旧注认为指后生之牛。俗谓后生之牛优于初生之牛，不知何所本，姑录之以供参考。

⑥ 旧注谓地在古摄津国，然而多摩川西岸的川崎市今仍有此地名。宿河原之地藏尊相当有名。若此事是作者在东国时听到的，则宿河原很可能即是此地了。

⑦ 暮露暮露也单写作暮露，一说为梵论之简称，是和后来的虚无僧类似的一种带发的僧人。有一卷《暮露暮露草纸》记载说，有一个名叫虚空房的人，身高七尺八寸，强壮有力，身穿图画的纸衣，带一尺八寸的大刀，穿一尺五寸的高木屐，发长而黑，有美女一人为妻，同行者三十人，自称暮露，巡行各地，不与虚无僧、僧、俗、山贼为伍，携刀吹尺八，负幕行于道路，沿门乞讨。

佛①时，一僧自外入，询曰："众法师中有名色押之暮露其人乎？"

众人中有人答曰："某即色押。询者何人？"

"本人名白梵字②。吾师某某于东国曾为名色押之暮露所杀。若逢此人则思一雪前仇，故询问之也。"

色押曰："来寻甚善！往昔确有此事。然此处晤面，有玷道场净地③，何如共赴前方之河原。诸君务祈勿助任何一方。若惊扰诸君，则有碍于佛事矣。"

言讫，二人遂共赴河原，拚命互刺，并皆殒命。

暮露暮露云云，昔似未曾有。近世之所谓梵论字、梵字、汉字者殆其嚆矢耶？虽似舍世而我执之念④甚深，虽似皈依佛道而复以争斗为事。虽似放浪无耻然能轻死而无所顾忌，则其刚毅果断之处亦有足多者焉！⑤

此乃余闻之他人而照录者也。

---

① 九品念佛又叫阿弥陀念佛。佛教认为，欲往生阿弥陀佛所说之极乐净土有九品之阶级，上品、中品、下品各有上生、中生、下生之分，因此净土称九品之净土，而求往生彼处之念佛谓之九品念佛。一说暮露之宗门模拟九品往生之阶级而九次用不同的调子念佛，叫九品念佛。

② 白梵字，原文作"しら梵字"。

③ 即前面所说九品念佛之道场。

④ 佛教用语，佛教把人的实际存在看成是一种幻象（假合），而承认这种存在则是一种偏见，称作"我执"。

⑤ 《史记·游侠列传》："今游侠，其行虽不轨于正义，然其言必信，其行必果，已诺必诚，不爱其躯，赴士之厄困，既已存亡死生矣，而不矜其能，羞伐其德，盖亦有足多者焉！"

第一一六段

昔人拟定寺院之名以及此外诸物之名时毫不穿凿，但就其本来面目平易称之而已。近时则闻多有运思过深而欲于名称之上炫示才华者①，甚可厌也。

人名用僻字，无聊之举也。凡事必求新奇，好异说，浅才必有之事也②。

第一一七段③

不宜与之为友者有七：一、地位尊贵之人④，二、少年人⑤，三、

---

① 比较典型的可以参考《红楼梦》中宝玉为大观园各处拟名的描述。过去文人在这方面所犯的掉书袋的毛病早就受到识者的指摘，甚至有人讲"者者居"（指《论语》中的"近者悦，远者来"中的两个者字）的笑话加以讽刺。

② 标新立异和推陈出新不同，标新立异意在耸人听闻，哗众取宠，是经不住时间考验的。

③ 这一段的写法系模仿《论语》中孔子的论述，故旧注引《论语·季氏》："益者三友，损者三友。友直，友谅，友多闻，益矣。友便辟，友善柔，友便佞，损矣。"

④ 地位高下悬殊，交往谈话俱不便，且有自尊心的人必不愿在居高位的人面前处于卑屈的地位，而宁愿避开他们。

⑤ 少年人血气未定，易出问题。

身强无病之人①，四、好酒之人，五、勇武浮躁之人，六、谎言之人，七、贪欲之人。良友有三：一、赠物之友②，二、医师③，三、有智慧之友④。

第一一八段

或谓食鲤羹之日，鬓勿蓬乱。鲤能制胶，故能粘物也⑤。

且唯鲤能于御前割之，故称尊贵之鱼。鸟中之雉，无双物也。雉与松蘑⑥等虽悬于御汤殿⑦亦无碍也。中宫御方⑧所居御汤殿上黑

---

① 作者身体一直不太好，同身强无病的人来往容易被他们拖垮，且身强无病的人不懂得体贴病弱者，因他们本身没有这方面的经验。

② 读者不可从这一点认为作者爱小便宜。赠物之友一方面说明是好帮助人的人，另一方面，从佛教的观点来看，则是乐善好施的施主（檀越），而佛教僧侣不事生产，是专靠乞食为生的。作者本身在晚年过的是十分贫苦的生活，朋友的周济在他身上起了很大的作用。

③ 作者健康不佳而能活到将近七十岁，医师的帮助想来是起了很大作用的。

④ 这里指佛教所说的有智慧（般若）的人，不指俗世的聪明才智之士。

⑤ 或谓鲤骨加兽皮、兽骨等可以制胶；也有的注家谓鲤肉可以制胶，引《野槌》云："以鱼制胶谓之鳔。《琐碎录》云，以鲤鱼胶制墨以文身则青黑可爱。"按此二句并无逻辑关系，疑是作者随手所记的文字。

⑥ 原文作松茸，日本的一种美味的蘑菇。

⑦ 御汤殿在厨房之侧，为宫中准备供泡茶、沐浴用的开水之处，日语的"汤"指开水，保存了汉语的古义。

⑧ 御方为中宫之尊称。中宫，旧注认为指深草天皇之中宫东二条院（常磐井相国实氏之女）。橘纯一氏认为应指后醍醐天皇之中宫禧子（？—1333）。禧子为西园寺实兼之幼女，号礼成门院。

棚①处有雁，北山入道殿②见之，归后即有书来，书中云："如斯之物，向来全不见于御棚之上，盖此物甚不雅观也。岂通达事理者不在左右故耶？"

第一一九段

镰仓③之海有鱼名鲣④，此鱼于彼处为至美之物。近时人颇好之。镰仓某老人云："迄余等少年之时，此鱼不见于上品人物席上，鱼头则仆从亦不食，割而弃之。"

然而于兹末世，此物亦见于上品人物之间矣。

第一二〇段

唐物除药类外虽缺亦无碍。书籍之类于我国已广为流布，故亦能书写也。

---

① 放置食品的架子，因涂成黑色，故称黑棚。一说是被烟熏黑的。
② 北山入道殿即西园寺实兼（1249—1322），公相之子，官至太政大臣。因曾居北山，故有此名。
③ 镰仓，神奈川县东南之市，位于三浦半岛开始处。建久三年（1192），源赖朝设幕府于此地，世称镰仓幕府。
④ 鲣，又名坚鱼或松鱼，也叫东方狐鲣，是一种重要的可以生吃的海鱼，长约八十厘米。

唐船航路多难，若尽载无用之物运来我邦，大蠢事也！书有之："不宝远物。"① 又云："不贵难得之货。"②

第一二一段

人所饲养者，马与牛。系之复役使之，可伤也！然马牛又为不可或缺之物，奈何奈何！

犬能守夜防盗，视人犹过之，亦必不可少之物。然此物人家率皆有之，无需更求而饲之也。

此外之鸟兽，率皆无用也。

走兽拘之于槛而更以铁链锁之，飞鸟则剪其翼而入之于笼，如此则慕青云，思野山，其愁苦无已时也。以我身推之，甚为难忍，故有心人何能乐此！苦有生之物以悦己之目，是桀纣之心也。王子猷③好鸟，见鸟嬉于林中而称之为逍遥之友，非捕捉而更苦之也。

书有云，凡"珍禽奇兽不育于国"④。

---

① 《书·旅獒》："不宝远物，则远人格。"
② 《老子》："不贵难得之货，使民不为盗。"
③ 王子猷，名徽之，王羲之之子，好竹，曰："何可一日无此君！"旧注引《和汉朗咏集》中诗句："阮籍啸处人步月，子猷看处鸟栖烟。"
④ 语见《书·旅獒》。

第一二二段

人之才能以明圣人之教①为第一,书已明载之②。

次则书法,纵不能专精,亦宜肄习之,以其便于学问也。

次则宜习医,养身助人,仕君事亲,非医莫办③。

次则引弓乘马,见于六艺④,必窥其门径。

文、武、医之道实不可缺,学此者不得谓之为无益之事之人。

次则食为人之天⑤,善调味者宜称大德⑥。

次则工艺,可备万事之用。

此外虽尚有诸事,然则多能为君子所耻⑦。工于诗歌,妙于丝

---

① 此处圣人之教指儒家学说,非佛教。
② 此处之书指儒家经典,即四书五经之类。
③ 作者在多处强调学医的重要性。旧注引《小学》:"伊川先生曰,病卧于床,委之庸医,比之不慈不孝,事亲者亦不可不知医。"
④ 据《周礼》,六艺为礼(礼法)、乐(音乐)、射(射箭)、御(驾驭车马)、书(文字)、数(计算)。
⑤ 《史记·郦食其传》:"王者以民人为天,而民人以食为天。"
⑥ 这里指给人很大的好处。
⑦ 古人认为修德之君子以多才艺为耻,《论语·子罕》便记载太宰某人与子贡谈话时对孔子这位圣者的多能感到奇怪的事。孔子听了也只好用"吾少也贱,故多能鄙事"加以解释。

竹，此幽玄之道，君臣并重之①，然于今之世，欲以此为治世之具则近迂矣。此犹金虽贵重，未若铁之多益也。

第一二三段

为无益之事以排遣时日者，可谓愚人，亦可谓为僻事②之人。为国为君而必为之事多矣，故余暇无几。人身不得已而为之事，第一，食物；第二，衣服；第三，居所。人间大事不过此三者。不饥、不寒、不为风雨所犯，静以度世，人生乐事也。

但人皆患病，为病所困则愁苦难忍，故医疗之事不可忘。衣、食、住与医药四者求而不得谓之贫；此四者不缺谓之富；营求于四者之外谓之骄③。四者但求俭约，则无人不足矣。

---

① 谓古人以音乐作为治国手段的思想。《礼记·乐记》："故礼以道其志，乐以和其声，政以一其行，刑以防其奸，礼乐刑政，其极一也，所以同民心而出治道也。"
② 僻事是不合道理的事。
③ 在这里，骄是过分的意思。

第一二四段

是法法师①虽无愧于净土宗,然不以学者自炫②,唯朝夕念佛,静以度世,实可羡望也。

第一二五段

为先死者营四十九日之佛事③时,曾召请某僧说法。其说法甚佳,闻者无不落泪。

导师④归后,听法众人皆感曰:"今日之说法较之平素更为令人感服也。"

有闻此言者,答曰:"总之,以其甚似唐狗⑤也!"语讫,一

---

① 是法法师是念阿的弟子,同作者也有交往,著名歌人。据《新拾遗和歌集》,他可能活了八十多岁。

② 意谓在净土宗里,他的学识不劣于任何人,但他并不以高僧或佛教学者的身份夸耀于人。

③ 四十九日指人死后七七四十九日,谓之中阴。但这里具体指的是四十九日最后一日的佛事。

④ 导师是佛事中主持仪式之僧人。

⑤ 唐狗通指中国狗,但一般注家认为这里的唐狗特指"狛犬",或"高丽犬",也就是我们俗语所说的狮子狗。传说它有避邪的作用,所以人们把它的雕像放在神社等处的门口。

座扫兴,甚可笑也!如此称誉导师,实不足为训。

其人又曰:"劝人以酒,必先自饮而后乃强人亦饮,此犹以剑斩人也。剑有二刃,若举剑斩人而先斩己头,则何以斩人?若己先醉卧,则又何以劝人?"

出此言者果曾以剑试斩乎?此诚可笑之事也!

第一二六段

某人曰[①]:"博弈[②]之对手惨败,乃至孤注一掷时,不可与之争锋[③]。须知此正形势急转,反败为胜而连战皆捷之时也。知此时机,可谓善博弈者矣。"

第一二七段

改之而无益之事,虽不改可也。

---

① 作者每提到某人时,大抵是表达他本人的意见。
② 不是我国古时所谓的博弈,而是指用赌盘和骰子来赌胜负的游戏,也可理解为一般的赌博,可不必拘泥。
③ 此《孙子》"锐卒勿攻"之意也。

第一二八段

雅房大纳言[1]者，才学兼优之上品人物也。院[2]将进之为大将[3]时，近侍之人曰："方见不堪入目之事。"询曰："何事耶？"答曰："雅房卿竟割生犬之足以饲鹰。此事余于隔墙之隙间亲见之。"

院闻之深感厌恶，平素之心情为之一变，遂罢迁升事。如斯之人以饲鹰自娱已属意外，然犬足云云则纯属虚构也。

谎言为谤，是诚为不幸，唯君王闻此而心生厌恶，则其仁心至为可感也！

大体言之，以杀戮、折磨生物为乐者，自相残害之畜生之伦也。一切鸟兽，下至小虫，细心体察其情状，无不爱其子，怀其亲，夫妇相伴，妒怒多欲，爱身惜命，其执迷愚痴，视人尤甚。

苦其身，夺其命，实可痛也。视世间一切有情[4]而不生慈悲之心者，未可以人论也。

---

[1] 雅房大纳言即源雅房（1262—1302），太政大臣源定实之子，号后土御门，永仁三年（1295）任权大纳言，永仁五年（1297）任大纳言。

[2] 院当指后伏见天皇（1288—1336），他是伏见天皇之皇子，永仁六年（1298）十月即位，时年十一岁，十四岁退位。估计本段所述之事，发生在天皇十三四岁在位时（旧注则认为是后宇多天皇或龟山法皇）。

[3] 大将为近卫府长官，分左右，官阶三位。

[4] 佛教用语，或曰众生。一切生物，凡有情识者，皆曰有情。

第一二九段

颜回之志在于不施劳①。概言之,残民虐物(不可为)②,贱民之志亦不可夺③。又有以欺骗、恐吓、凌辱幼儿以为乐事者。成人谎言自觉无它,然于幼儿之心,则感之甚深,以之为可畏、可耻、可悲,诚有切身之痛也。

苦之而以为乐,是无慈悲之心也。

成人之喜怒哀乐虽皆属虚妄,然孰能不执着实有之相④耶! 残其身未若伤其心害人更甚。

得病者亦多受之于心,而外来之病少。服药求汗或有弗获,而一旦愧恐则必流汗⑤,乃知此实心之功效也。

---

① 颜回即孔子最喜爱的弟子颜渊。《论语·公冶长》:"子曰:'盍各言尔志'……颜渊曰:'愿无伐善,无施劳。'"朱注:"劳,劳事也。劳事非己所欲,故亦不欲施之于人。"

② 原文于"残民虐物"之下中断,似有忽略之处,"不可为"为译者据作者的看法所补,供参考。

③ 参见《论语·子罕》:"三军可夺帅也,匹夫不可夺志也。"

④ 意谓人的喜怒哀乐虽属虚妄,但引起这些情绪的却被认为是实际存在的事物。

⑤ 旧注引《文选·养生论》:"夫服药求汗,或有弗获,而愧情一集,涣然流离。"

书凌云之额，忽焉白头[1]，于例有之矣。

第一三〇段

与物无所争[2]，屈己以从人，后己以先人，事之佳者更无有逾于此者矣。

凡百游戏，好胜负者，胜则有兴，因己艺高于他人而自喜，然须知负则兴味索然矣。若我负而令他人欢喜，思之则更无游戏之兴致。令人败兴以慰己之心，背德之事也。

亲交间相互戏谑，欺人以显示一己之机智以为乐，此亦非礼也。故始于宴游之戏谑而长时结怨不解者，其例多矣。此皆好争之过也。若思胜人，唯宜向学而以才智胜之。然学道者不伐善[3]，不与同侪相争故也。

辞要职，舍利得，唯学问之力足以致之[4]。

---

[1] 指著名书法家韦诞（字仲将）书凌云观（《世说新语》作"凌霄观"）圜额事。旧注引《三国志》："魏明帝立凌云观，误先钉榜，乃以笼盛韦诞，辘轳引上书之，去地二十五丈，既下，须发皓然，还语子弟，直绝此法。"

[2] 没有就事而同他人争强好胜之心。旧注引《论语》："君子无所争。"

[3] 伐善指的是夸耀自己的优点。《论语·公冶长》："愿无伐善，无施劳。"

[4] 不以利害义知知进退之机，不贪恋名位与财货，而能及时舍之，此则非有素养，识时务者不办。

第一三一段

贫者不以财为礼，老者不以力为礼①。知己之分②而于未及之时速止之，可谓智也。不许之者，人之误也。不知分而强为之，己之误也。

贫不知分则为盗，力衰而不知分则病。

第一三二段

鸟羽之作道③非鸟羽殿④建成后之名，而为自古已有之名也。元良亲王⑤元日奏贺之声⑥，甚称殊胜，自大极殿⑦闻于鸟羽之

---

① 《礼记·曲礼》："贫者不以货财为礼，老者不以筋力为礼。"礼是酬谢之意。
② 自己的本分、身份、限度。这里的"分"就是哲学中的"度"这个范畴，适度就是恰到好处。待人接物都有一个"度"，要适可而止，不要过头。
③ 自京都九条罗城门旧址经四冢、上鸟羽而通向下鸟羽的一条笔直的大路。作道指新修之道，即通过田地开辟出来的道路。
④ 鸟羽殿是1086年白河天皇修建的城南离宫，在今京都市伏见区之下鸟羽。
⑤ 元良亲王为阳成天皇之长子，任兵部卿，擅长和歌。
⑥ 元旦辰时天皇御大极殿举行朝贺式，出席的诸王公大臣中有奉贺者一人前出致祝词，即所谓奏贺。
⑦ 大极殿位于八省院的中央，天子于此处处理朝政。大礼（贺正、即位等）仪式均在此举行。高仓天皇安元三年（1177）被焚毁（见《方丈记》）后未再建。

作道，事见《李部王记》①。

第一三三段

天皇之寝处②，御枕在东。大体言之，枕在东，则受阳气③，故孔子亦东首而寝④。

寝处之设施，或为南枕，常例有之⑤。

白河院⑥北枕而寝⑦，或曰："北为忌地⑧，伊势为南，以足向太神宫一方而寝则何如？"⑨

唯太神宫之遥拜系向巽方⑩，非南方也。

---

① 《李部王记》之李部王为醍醐天皇第四皇子式部卿重明亲王。式部即唐之吏部，李部与吏部相通（李系借字）。记者日记也。

② 指清凉殿内天皇寝息处。《禁秘抄》："夜御殿（即本段之寝处——引者），四方有妻户，南大妻户一间也，御帐同清凉殿，东枕。"

③ 东方为日出方向，故能受阳气。

④ 《论语·乡党》："疾，君视之，东首，加朝服，拖绅。"朱注："东首以受生气也。"又《礼记·玉藻》："君子之居恒当户，寝恒东首。"

⑤ 因寝处向南，其相应的设施也有使寝者南向的。这也是常见的情况。

⑥ 白河院即白河天皇（1053—1129）让位后的称呼，他是后三条天皇之子。

⑦ 俗人忌北枕，因释迦去世时头北向面西向（象征西方净土），枕右胁而卧（称吉祥卧）。白河院是佛教徒，故如此卧。

⑧ 因为只有死者的头北向。

⑨ 从行文的口气看大体上是：既然北向是不吉的，那末在伊势，人们却是南向而寝的。

⑩ 巽在八卦的方位中是东南方。

第一三四段

高仓院①之法华堂②之三昧僧③某律师④某时取镜谛视己颜，甚觉丑陋可畏，伤心之余并此镜亦觉可厌矣。此后则长时畏镜而不敢照之，亦不与人交往；除御堂⑤佛事外，即闭居一室。此事余得之于传闻，实不禁有难能可贵之感！

聪慧之人亦唯虑及他人之事而不知一己之事。不己知而知他人，无是理也⑥。唯知己者，始可谓为知物之人。

不知己貌之丑，不知己心之愚，不知己艺之拙，不知己身之不足道，不知己年之老，不知己为病所犯，不知己近死期，不知己之行道有未至之处，不知己身之非，更何以知外部之讥耶？

然容貌可见于镜，年岁则数而可知。非不知己身之事，然知

---

① 高仓院即高仓天皇（1161—1181）让位后的称呼，他是后白河天皇之子。

② 法华堂是专心念诵《法华经》的佛堂，因为人们在这里修法华三昧（即通过法华而取得无上正等正觉），又称三昧堂。由于高仓天皇埋葬在这里，所以又叫法华堂陵。法华堂即在陵侧。该堂在今京都市东山区清闲寺境内。

③ 修法华三昧之僧侣。三昧是梵语译音，《智度论》："善心一处不动，是名三昧。"又《大乘义章》："以体寂静，离于邪乱，故曰三昧。"按三昧在佛典中一般意译为"定"，是凝心静虑、不生杂念的一种精神状态。

④ 律师，通晓戒律的法师，又是僧官，参见第五〇页注②。

⑤ 这里指安放佛像的佛堂，佛事即在这里举行。

⑥ 按事物的常情，知己是知他和取得知识的前提，故古谚早就告诫人们首先要认识自己。我国的知己知彼，也是这个意思。

之而无可奈何，则可谓知之犹不知也。

非欲变容貌之丑陋，返逝去年华之谓也。既知拙陋矣，何不引身速退？既知老之已至，复何不静保自身耶？既知行之愚矣，何不念念在兹而深思之耶？

不为众人所喜而与之交，耻也。貌寝心劣而出仕，无智而与大才相交，以不堪之艺而侧身能者之座，以戴雪之头而与少年为伍，况乎望所不及者，忧所不能者，待所不来者，乃至畏人、媚人，此皆非人与之耻，乃因溺于贪心而自招之耻也。

贪心不止，是命终大事迫在眉睫而实不之知故也。

第一三五段

有资季大纳言入道其人者①，遇具氏宰相中将②，谓之曰："公若有所垂询，则无一不能奉答也。"

具氏曰："果如此耶？"

答曰："曷试发一问！"

具氏曰："正经学问之事余则一无所知，当不以为问。唯于寻常琐事中所不解者，举一事请教。"

---

① 指藤原资季（1207—1289），资家之子，号杨梅，歌人，官至权大纳言，出家后称了心。入道，参见第三五页注⑤。

② 具氏宰相中将指源具氏（1232—1275），源通氏之子，从三位参议兼左近卫中将，歌人。参议称宰相，旧注谓系受我国称呼的影响；按元中书省置参议，或系此处之所本。

资季曰："至若身边①浅近之事悉可明答之也。"

此时御前之近侍、女官等乃约定曰："此乃有趣之争论也，宜同争之于御前②，负者当为东道主！"

具氏曰："有自幼习闻而不解之事。如'むまのきつりやうきつにのをか、なかくぼれいりくれんどう'③，不知何意，乞为解明！"

---

① 原文作"ここもと"，古注认为即指"日本"。
② 具体指哪个上皇或天皇，不详。有的注家认为可能指龟山天皇。
③ 这句话（有异文）有的注家说是一个字谜，还有人作其他解释，这里只介绍比较通行的一种。从字面来看，"むまのきつりやう"中的"きつりやう"，汉字为"吉良"，吉良为马名，见《山海经》《唐书·兵志》等；"きつにのをか"汉字为"狐之丘"，按《艺文类聚》引《说文》："狐，妖兽，鬼所乘也。有三德，其色中和，小前大后，死则丘首。""なかくぼれいり"，汉字为"中凹入"；"くれんどう"，汉字为"回筵道"，意为"掉转过来"。但在解释全句时，解谜者把假名重新加以组合。最初五个假名"むまのきつ"，意为"馬除つ"，就是说把马的五个假名（实际上是马的八个假名的头五个）除去。后面"りやうきつにのをか"这九个假名按照后面"中凹入"（なかくぼれいり）的说法，则中间的假名都应当除去，这样便剩了"りか"这两个假名。然后再按"回筵道"的说法把"りか"倒过来，就成了"かり"，即汉字的"雁"，这就是谜底了。这是过去伴蒿蹊提出的说法而为不少注家所同意的。旧注特别指出，这种曲折复杂的谜语在镰仓室町时代是相当流行的，这里再举一著名的例子，如以杜甫诗句"渭北春天树，江东日暮云"打一个"藻"字。原来"渭北春天树"在日语的读法是"いほくしゅんてんのき"，而"のき"两个假名谐"退き"（去掉之意），而"江东日暮云"在日语的读法是"こうとうじつぼくのくも"，而其中倒二三假名的"のく"也谐"退く"，因此前面的假名都去掉，便只剩下一个"も"，相当于汉字的"藻"。但译者认为这仍不如我国以杜句"无边落木萧萧下"打一"日"字精彩。"萧萧下"指南朝梁两朝萧氏政权，萧萧之下即"陈"，若陈字无边则为东，东字落木则为日字。这谜语从中国的历史和汉字的结构方面运用巧思，比仅仅从假名的意义来制谜高明多了。

大纳言入道瞠目不知所对，乃曰："此无聊之事，不足道也！"具氏曰："深远之道固无所知，故决以琐屑之事奉询耳。"
大纳言入道既负，乃受罚而郑重行东道主之事焉。

第一三六段

医师笃成①供奉于故法皇②御前时，适逢进御膳，遂曰："承询以当前席上诸品食物之文字与功能，余因仅凭记忆答之，请核之以《本草》③，当知无一误述也。"

此时六条之故内府④适在场，乃曰："有房，此正汝求得学问之时也！"乃问曰："先请教盐字系何偏旁？"答曰："系土旁⑤。"内府曰："君之学力既已领教矣。仅此已足，不欲更深究之矣。"

---

① 即和气笃成，正四位下典药头（宫中司药之官），大膳大夫。

② 故法皇当指后宇多天皇（1267—1324），文永十一年（1274）即位（次年改元建治），弘安十年（1287）让位，德治二年（1307）出家。旧注认为是花园上皇，但与作者写作年代有不合之处。

③ 可理解为一般中药之书。《本草》过去附会为神农所作，汉时已具雏形，后世不断增订，至明李时珍之《本草纲目》而集大成。按作者此时尚无《本草纲目》。

④ 故内府即内大臣源有房（1251—1319），太政大臣通光之孙，右近卫少将通有之子，尹大纳言光忠之父。元应元年（1319）六月后宇多法皇亲临病榻存问，任命为内大臣。通和汉之学，善书。内府即内大臣，内府系仿唐人的说法。六条系京都地名。

⑤ 按正书，盐字应在皿部，此处所谓土旁，当系就俗写之"盐"字而言。

众闻之大笑，笃成乃羞惭而退。

第一三七段

花盛开而月朗照①，人之所能观赏者仅限于此乎？

对雨恋月，垂帘闭居而不悉春归何处，亦殊富于情趣也。含苞待放之树梢，落花满地之庭院，可观赏之处正多。

歌之小序②中有云："欲往观花而花已散落。"又云："因故未能前往赏花。"如此等语何遽不若"观花"之语耶？花散月倾而人惋惜之，固人之常情，然"此枝彼枝之花均已散落，今已无可观赏者"等语，唯俗物始有之。

世间万事，唯始与终特有意趣。男女之情事亦复如是也。岂可谓唯一味尽情相会始为恋情耶？或不得相会而忧恋事之不终，或悲叹无常之契③，或长夜间只身待至天明，或寄思绪于远地，或身栖荒居而缅怀昔日，唯此方可谓通晓恋情之真谛也。

满月皎皎遍照，一眺而至于千里之外④，未若近晓时于待望中姗姗来迟之月，以其更富于情趣也。

此时之月略带青色，或隐现于深山杉树树梢间，或遮没于带

---

① 古人写景多以花月并举，如"花朝月夕""花好月圆"等都是。
② 小序原文作"词书"（或作"言叶书"），系在歌前说明诗歌之缘起、动机等等的文字。
③ 指不可靠的、多变的恋爱关系。
④ 因为月光能把千里的景色照清楚，所以人在想象中也可以看到那里。

雨乌云之后，均极有味。丛生之椎树①与白橿②等，其叶若为水所濡而月光辉映其上，望之沁人心脾，然安得有会心之友共赏此景，而都城之恋油然而生矣③。

概言之，月与花又何限于目前所见者耶？春日闭门不出，月夜居寝所之内而想象其情状，亦甚有味也。

上品之人于一事好之而无沉溺之状，虽有兴致而淡泊处之。穷乡僻壤之人于诸游乐事皆欲求尽兴。花下杂沓拥挤、凝视不已，饮酒，作连歌，终至折大枝恬然而去。遇泉水则伸入手足，遇雪则必欲践踏而留足迹等等，总之，于诸般事物，决不旁观静赏，必干之而后快也。

试一觇此辈观看贺茂祭之情状，即不禁有极为奇妙之感。"祭神行列须极迟始通过，此时何需立于看台之上？"言讫即进入室内，饮酒食物并以围棋、双六等为戏。一俟看台值班人呼叫"行列正经过！"，其时此辈立即拼命拥挤，一拥而上，如此相互推搡，虽看台之帘亦有挤落之势。

且此辈眼底虽一事亦不肯放过，手指足画，一一论评；行列过后则曰："当再待之！"复自看台而下。此辈所见，唯实物耳。

都中人则举止闲雅，彼等闭目养神，不作汲汲欲观之态。身份较低之青年则各侍其主，尾随于后，亦不探身作欲观之伧俗状。

---

① 椎树，一种常绿乔木，原生于暖地，叶椭圆形，革质，实可食用，材可供建筑和制造器具、家具。

② 白樫，又写作白橿，也是常绿乔木，叶长椭圆形，春天生黄褐色的单性花，雌雄同株，十月结坚果，材质细密，富弹性，可制各种家具、用具。

③ 谓能共赏此景的友人都在都城。

总之，并无必欲一观而始甘心之人也。

帘柱等处悬葵成列，风光自觉优雅艳丽；时夜尚未明，而游车已悄然毕集，观之有味。时或忆及某人，试一了望，则素所面识之饲牛人与使役者等人在焉。此等游车或富于意趣，或光采夺目，彼此纵横错杂，望之颇不寂寞。然日暮之时，众多并列之车，拥挤不堪之人众，已不知去向，不久即呈现稀疏零落之状，而游车之杂乱亦告结束。看台上之帘与座垫纷纷取去，目前正一片凄清光景，令人忆及此世之盛衰，感慨系之矣。观大路如斯之情景，始得谓之观祭也。

麇集于看台前之人众中，相识者不少，可知世间之人亦非如是之众也。纵我身必死于此等人众尽死之后，亦无须久待也。

以水注入一大器而开一细孔，则滴水虽少，若流之不止，不久亦当流尽。都中之人虽多，然无日无死者，而一日间又非一人二人。鸟部野①、舟冈②以及此外诸野山，有送死者多人之日，而无送死者之日，盖未曾有也。

因此卖棺者棺成不久即可售出。不论幼者、强者，皆有不虞之死期③。侥幸存活至于今日，诚亦奇妙不可思议之事也④。

故人生于世，岂可须臾苟安于来日方长之思哉！

---

① 鸟部野，参见第六页注③。

② 舟冈为今京都市上京区紫野西南、莲台野以东之山冈，古时也是火葬场，今为公园。

③ 相当于我国的俗语："黄泉路上无老少。"

④ 作者一向身体不好，但他竟活到了高龄，所以自己也觉得奇怪。

试以双六之子排列为"继子立"①形，当其并列时不知当取者为何子，然数之之后乃取其一，其他诸子似若无事。唯再数则再取，终至逐子取尽而一无所余矣。人之死亦复如是。战士临阵，知死近在目前，故能身家俱忘。然身居遁世之草庵、静享泉石之趣者，以为己事与临阵者了不相干，是诚为不智也！

深山虽静，岂能使无常之敌遂不挟势来攻耶？临于死地，与夫进于战阵固无不同也②。

第一三八段

某人谓："贺茂祭既过，祭后之葵已无用。"乃使人将帘上之葵悉数取下，此虽属无情趣之举措，然上品之人所为之事，当亦有所以为之故，未可非议也。

---

① "继子立"是用双六的棋子玩的一种游戏，以黑白之子各十五排列如下图：

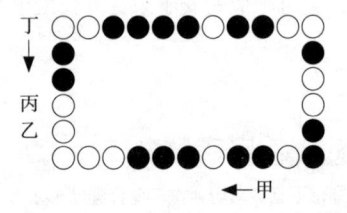

先自甲向左数至十，取去乙子，然后自丙开始数，如此继续下去，最后只余白子丁一枚。若自丁向右数，如此继续下去，最后也仅余丁一子。
② 作者此处仍以生死大事之说，促人猛省，这是佛教徒的立场。

然周防内侍①咏云：

帘上空悬枯葵叶，
于今无有共赏人。②

此咏正殿帘上葵花之枯叶者也，见之于彼之家集③。

又古歌之序词中有云"夹于葵之枯葵中以赠"者。《枕草子》亦云："昔日所恋者犹枯葵。"此则甚可怀念之句也。鸭长明④之《四季物语》⑤亦云："祭后之葵尚留于御帘之上。"自行枯萎者尚觉可惜，况复全部舍弃之耶？

---

① 周防内侍指葛原亲王之后裔、周防守（从五位）平继仲之女，白河天皇之内侍（从七位，后升至从五位），著名歌人，有家集，其歌亦收入《后拾遗记》以下多种敕撰集。旧注则认为她是周防守平栋仲之女，后冷泉天皇之女官。

② 原文为かくれどもかひなき物はもろ共にみすのあふひの枯葉なりけり。字面的大意是："不能同那个人一道看的帘上葵花的枯叶是挂着也无用的东西。"歌中的"かく"有"挂着"和"挂念"双关的意思。"みす"有"帘"和"不见"双关的意思。葵（あふひ）与相逢之日同音，而"かれ"有"枯"与"离"二义。

③ 家集为个人的歌集。

④ 鸭长明（1155—1216）为贺茂神社祢宜长继之子，长于和歌管弦，任后鸟羽院之和歌所之寄人（负责选定和歌的人员）。出家后名莲胤，住日野外山之草庵，著有《方丈记》《发心集》《无名抄》等。

⑤ 《四季物语》据说是作者遁居大原山时回忆宫中一年间行事时所记。一卷，有写本传世，收入《日本文学全书》，后始有活字本。《续群书类从》亦收入此书。

御帐所悬之药球①九月九日易之以菊。菊之前应为菖蒲。枇杷皇太后宫②殁后，弁乳母③于旧御帐中见已枯之菖蒲、药球等物，乃曰："虽非当令根④犹在。"

江之侍从⑤闻之乃咏句作答曰："菖蒲之草虽在……"

第一三九段

家中可植之树有松与樱。松之中五叶之松亦佳，樱则以单瓣为美。八重樱昔仅奈良之都曾有之⑥，近来世多有之矣。吉野之花⑦、左近之樱⑧皆一重。八重樱，一变种也，甚繁复而不清爽，故

---

① 御帐所悬之药球：按御帐为贵族寝息之处，床柱黑色，方八尺，高七尺，上有素隔扇，四周挂有帷帐。此处所悬之药球，系一包裹麝香、沉香、丁香等香料之锦球，外饰以假花、菖蒲、艾以及五色丝线垂饰，于每年五月初五日悬于帘柱上以避邪者。

② 枇杷皇太后宫指御堂关白道长之女藤原妍子（994—1027），三条天皇之皇后。居原左大臣仲平旧宅之枇杷殿。

③ 弁乳母系前加贺守显时之女，三条天皇与藤原妍子所生皇女阳明门院祯子内亲王之乳母，歌人。

④ 根指菖蒲之根。

⑤ 江之侍从之名因其父为侍从大江匡衡，母为赤染卫门。

⑥ 传说在圣武天皇时奈良已开始种八重樱，一条帝（986—1011在位）时始向京都宫中移植。

⑦ 即奈良县吉野山之樱花。在日本古典作品中凡单称"花"时大都指樱花。

⑧ 大内紫宸殿南庭御阶前左侧为樱，右侧为橘，举行仪式时左右近卫府之武官盛装排列于左右两树之侧。

虽不植可也。迟樱亦为不合时宜之物。易生虫者亦可厌。

梅尚白者、淡红者。一重白梅之早开者，八重红梅之有幽香者，并皆有意趣。迟开之梅与樱花同时开放，故不为世所重；为樱所压倒，萎谢于枝上，甚杀风景。

京极入道中纳言①曰："一重之梅先开亦先谢，性急而有趣也。"然彼仍植一重之梅于近轩之处。京极之屋南侧，于今尚有二株。柳亦有意趣。四月顷枫之嫩叶甚佳，胜于世间诸种之花与红叶。

橘、桂二者则以久历年所成大树者为佳。

草类以山吹②、藤、杜若③、抚子④为佳。

池中之物为莲。

---

① 京极入道中纳言即藤原定家（1162—1241），镰仓时代名歌人，古典学者，官至正二位权中纳言，撰有《新古今和歌集》与《新敕撰和歌集》。

② 山吹，蔷薇科落叶乔木，又名棣棠，茎绿色，自根处多数丛生，高四五尺，晚春在枝顶开黄色五瓣花。野生者花一重，但庭园栽培者有八重之花。

③ 杜若，又名燕子花，菖蒲科多年生草本，生于池沼地带，高约七十厘米，叶广剑状，初夏生出花茎，顶端开鲜紫色（或白色）大花，可供观赏。日人又称"貌佳草"。

④ 抚子，又称瞿麦，石竹科多年生草本，高约六十厘米，叶线形，八九月间开淡红色（白色的少）的五瓣花，种子黑色，有利尿作用，日人称之七草（萩、尾花、葛、抚子、女郎花、藤袴、朝颜）之一。

秋草则为荻①、薄②、桔梗③、萩④、女郎花⑤、藤袴⑥、紫苑⑦、

---

① 荻为禾本科多年生草本，野生于水边或原野，高约一米半，茎之地下部分呈根状，横行，地上部分细而有节，中空，叶为细长之线状，夏秋之交开淡紫色花，后转白色。日人多用以覆盖屋顶。白居易《琵琶行》"枫叶荻花秋瑟瑟"，即以荻花象征秋天。

② 薄为禾本科多年生草本，汉字又写作芒，多野生于原野，每年自宿根生新芽，高约二米，叶呈线状而尖，秋天茎头生大花穗，自中心短轴分十数枝，黄褐色，日人又称之为尾花。此草也多用来盖屋顶。

③ 桔梗，多年生草本，多野生于山野，高约一公尺，夏秋间开五瓣或六瓣钟状紫色或白色花，干根可入药，能镇咳祛痰。

④ 萩，豆科亚灌木，茎高约一公尺半，丛生，叶为复叶，秋天生多数房状排列之红紫色或白色蝶形花，然后结荚，可供观赏或作动物饲料，为日本秋之七草之首，《万叶集》中咏萩的很多。我国叫胡枝子。日人也有胡枝花之称。

⑤ 女郎花即败酱，败酱科多年生草本，野生于山野，高一公尺左右，羽状复叶，夏秋间生淡黄色伞状花，花朵如粟粒，根部干燥后可入药，利尿，嫩茎可食。

⑥ 藤袴即兰草，又称兰泽草、都梁香。菊科多年生草本，野生于潮湿地带，高一米左右，全草有香气，秋天开有香味的淡紫色花。《本草纲目》兰草项上引陈藏器曰："兰草，妇人和油泽头，故曰兰泽。"

⑦ 紫苑，我国称紫菀、紫倩、返魂草、夜牵牛、青菀。菊科多年生草本，茎高六七尺，叶长椭圆形，有锯齿。秋末开花，头状花序，周围缀淡紫色舌状花，中开黄花。

地榆①、苅萱②、龙胆③、菊，黄菊④亦可，茑⑤、葛⑥、牵牛⑦等俱不高，于小垣下稀疏种植之为佳。

此外世间稀见者、唐风之名⑧闻之不雅驯者、花亦不习见者等等，均甚不可亲。

---

① 地榆，蔷薇科多年生草本，茎高六十厘米至一米，叶为羽状复叶，小叶呈长椭圆形，秋天开球状花序的暗红或紫色小花，果实亦同色，嫩叶可食用，根可入药，有收敛、止血作用。日人又称它为我毛香、吾木香、吾亦红、破帽额等等。我国除地榆外，又称玉札、玉豉。

② 苅萱，禾本科多年生草本，野生山野间，春天自宿根丛生茎叶，高一米半左右，叶长线状，叶鞘有长毛，秋天自梢叶腋部生呈短头状的总状花穗。须根黄白色，日人多用以制刷毛、炊帚。

③ 龙胆，龙胆科多年生草本，高三十至六十厘米，叶如细竹，秋天开紫色钟状花，花后结蒴果，根赤褐色，味甚苦，煎服可以健胃。龙胆在日本为野生之草，也可用于观赏。

④ 黄菊可能是作者对菊所作的说明。当然，前面的菊并未限定是什么颜色的，后面似着重指野菊。

⑤ 茑，葡萄科多年生落叶藤本，又叫地锦，《尔雅》中叫寓木。茎为有吸盘的卷须，故可缠附于他物之上，叶掌状，三至五裂或成三小叶，初夏自叶腋生淡黄绿色总状小花，后结豆粒大黑色浆果。入秋叶转红，故可使附着于墙壁上以供观赏。

⑥ 葛，豆科多年生蔓性草本，长达十米，叶为三小叶形成之复叶，叶与茎都有褐色茸毛，秋天在叶腋生二十厘米的花穗，开总状花序的紫红色的蝶形花，花后结扁荚。根肥大，似山芋，干燥的葛根可以解热，又可制葛粉。蔓之纤维可织葛布。

⑦ 牵牛，又叫喇叭花，旋花科一年生草本，茎与蔓均左旋，叶心脏形，叶柄长，互生；夏日叶腋开喇叭形大花，品种多，有红、蓝、紫、白、条状等多种颜色，果实球形，多为黑色，《本草》称果实为牵牛子、黑丑。日本又名镜草，蕣花、牵牛花。传说这种花是由中国传入日本的，它在早上开放，过午即合，故日人又称之为"朝颜"。

⑧ 唐风之名即中国式的名称。

大体言之，凡珍奇稀见之物，即下品之人所赞赏之物，此等物宁以无有为佳也。

第一四〇段

身死而留财，智者不为。蓄不佳之物①不足为训，执着于佳物则不可恃。大量占有益为苦事。有口称"余必欲得之"，而死后复争之者，丑恶殊甚！

有欲于身后让于某人之物，则以在世时让之为佳。朝夕不可或缺之物固无可奈何，此外则不宜有他物也。

第一四一段

悲田院②尧莲上人在俗时姓三浦，原为无双之武士。有故乡之人来，谈及诸事时，曰："唯关东之人所言者皆可信，都中人应答

---

① 这里的不佳之物不是指粗陋之物，而是指财货。佳物如书籍、文物虽可蓄，但亦不可贪求，因为它们在死时也全得抛下，并不可恃。

② 悲田院相当后来之救济院，始于圣德太子（建于难波之地）。据《延喜式》："凡京中路边病者、孤子、仰九个条令，其所见所遇，随便必令拾送施药院及东西悲田院。"京中原有东西二所（最早为光明皇后在奈良所建，后迁来京都），中期只有一所，据《拾芥抄》，在鸭川的西岸。这里的悲田院在京都市上京区扇町大应寺附近，后成一般寺院。

时唯口惠而实不至也。"

上人辩之曰："君或作如是想，然余久居都中，与都人甚为相知，讫未觉都人心术不正。概言之，都人心地善良，且重情分，人有所求不忍断然拒之，于诸事不能心有所思而径发之于言，遂勉强承诺之。究其本心原非有意作伪，却因贫困而力不从心，则违其本意而不能践诺之事自多矣。关东人于余为同乡，其为人也诚为不善酬应，又乏情分，且性情直率，应拒绝之事自始即拒绝之。然以其富足，故为人信赖也。"

余意上人之言语多方音，且用词粗陋，于圣教①精微之理未必了然于心，然今既闻其一言，乃知上人心术高尚，其所以能于众僧中为一寺之主者，以其心中一片祥和之气而受其益故也。

第一四二段

视之若无情趣之人，时亦有一言足取者。

某粗鄙之乡村武士，望之可畏，问其近旁之人曰："有子乎？"答曰："虽一人亦无有也。"武士乃曰："如此则恐不知物之情分，而君心亦当系冷酷无情，甚可畏也！唯有子始能知万物之情分也。"

此诚至理名言也！无恩爱之道，则此辈心中即无慈悲之念。无孝养之心者，唯有子始知双亲之心也。

---

① 圣教即佛教。

舍世之人孑然一身，与万物无涉，每多蔑视牵累多者遇事诒人且嗜欲深，此实属不当。若以当事者之心忖度之，为其所爱之亲与妻子故，忘廉耻，为盗贼，亦属必然也。捕缚盗人，但因其恶行而治其罪，何如使世趋治，免世人于饥寒乎！人无恒产则无恒心①，人穷则为盗②，世不获治则有冻馁之苦③，罪人亦不可绝迹。陷人苦境，使人犯法，复治之以罪，实可悯已！

然而如之何始可惠人耶？上去奢费，抚民劝农，则下有利，无可疑也。苟衣食粗足，犹为恶事，是可谓真正之盗人矣。

第一四三段

人临终之相，其佳者，闻人云，唯在静而不乱，此深为可慕也。愚人则以不可思议之异事附会之，从一己之所好而过誉其言其行，此则甚非其人平素之本意也。

---

① 《孟子·梁惠王上》："无恒产而有恒心者，惟士为能，若民则无恒产因无恒心。苟无恒心，放辟邪侈，无不为已，及陷于罪，然后从而刑之，是罔民也。焉有仁人在位，罔民而可为也！"赵注："恒，常也。产，生也。恒产则常可以生之业也，恒心人所常有善心也。惟有学士之心者，虽穷不失道，不求苟得耳。凡民迫于饥寒则不能守其常善之心也。"

② 《孔子家语》："兽穷则攫，鸟穷则啄，人穷则诈。"《论语·卫灵公》："小人穷斯滥矣。"又《管子》："礼义生于富足，盗贼起于贫穷。"

③ 《孟子·尽心上》："所谓西伯善养老者……五十非帛不煖，七十非肉不饱，不煖不饱，谓之冻馁。文王之民，无冻馁之者，此之谓也。"

此等大事①，虽权化之人②亦未可确言，虽博学之士亦未可测度。苟心无内疚，他人评论若何，固无所谓也。

第一四四段

栂尾之上人③行经道路时，闻河边洗马之男子云："阿希④，阿希！"

上人乃驻足，询曰："事甚可感！此乃开发宿执⑤之人也！竟频诵阿字阿字⑥。此何人之御马⑦耶？此乃极为可敬之事也！"

答曰："此府生⑧殿之御马也。"

---

① 大事指死亡。佛教认为死亡是往生乐土的关键时刻，故谓之大事。

② 权化之人指神、佛、菩萨降世化度众生的人，都是道行极高的，但按佛教的说法，他们临终时也不能保证一定一心不乱，而稍生染心邪念，即堕入六道轮回。

③ 栂尾之上人即释高弁，号明惠上人，俗姓伊藤，初学于文觉上人，修学德，后因修栂尾之高山寺（今京都市右京区山中，梅畑高尾町）而被奉为华严宗中兴之祖，宽喜四年（1232）殁，年六十。

④ 阿希，原文为あし（足），可能洗马者要马抬脚，故如此说，上人则误听成"阿字"（あじ）了。

⑤ 佛教认为前世之功德于今世为宿执，开发宿执则能得善果。

⑥ 阿字为梵语字母的第一个，为悉昙十二韵之一。一切音韵由此而生，用以象征宇宙万物之根源。又密教认为梵语字母诸音，特别第一字母阿字，都包含宇宙之原理。阿字有否定之义，意为无或不；又有本不生之意，因为它本身是原初，不存在产生它的原因。由于它本不生，故亦不灭。

⑦ 御马的御表示恭敬，非皇帝之马。

⑧ 府生为近卫府之下级官吏，位于将曹与番长之间。左右六人，于近卫舍人中任命。日语"府生"与"不生"音近似。

上人乃拭感激之泪曰："此大佳事！此正乃阿字本不生也，已结欢喜之缘矣！"

第一四五段

御随身秦重躬①论及北面武士下野入道信愿之事，曰："此人有落马之相②，务请慎而又慎！"

信愿则向不以此事为然，终落马而亡。

精于此道者③一言，人多神视之。或有问者曰："落马之相何谓也？"

答曰："其尻极似桃实④而又酷好沛艾之马⑤，故有落马之相，此语殆无误也。"

---

① 上皇、摄政、关白、大臣以下、上达部、近卫少将、诸卫之督等之亲卫士兵，为朝廷所赐，为近卫府将监以下之官吏。就中上皇和摄政、关白的随身称御随身，他们每逢上皇和宰辅出行则带弓箭于前后警卫。这里具体指上皇的御随身，又叫舍人。秦氏和下野氏都是随身的世袭之家。重躬本人传记不详，但其名见于《正安三年大尝会记》。

② 落马之相，即从外貌来看，此人应落马而死。

③ 旧注说法不一。有的认为应是精于相术的，有的认为应是精于骑术的。

④ 臀部似桃核，当然在马上坐不稳。

⑤ 沛艾之马，指性情暴烈之马。张衡《东京赋》："齐腾骧而沛艾。"

第一四六段

明云座主①遇相者②，问曰："余得无兵仗之难③耶？"相者曰："确有是相。"问曰："何谓也？"曰："君身原无伤害之虞，然苟思及此并蒙垂询，是既已有危难之前兆矣。"

后明云果中矢而亡。

第一四七段

近时人曰，灸治之处多则有污己身而不得参预神事④。然此说不见于格式⑤等处。

---

① 明云座主为比叡山延历寺第五十五及第五十七世座主，村上源氏，久我太政大臣源雅实之孙，故大纳言源显通之子，寿永二年（1183）木曾义仲之乱时中流矢而亡，年六十九（一说六十）。

② 相者为根据人的相貌、声音、神态等等而卜人吉凶祸福的术士，我国称相士，俗称"相面的"。

③ 兵仗指武器。兵仗之难指死于武器之下。

④ 灸为我国传统医法之一，后传入日本，系以干艾点火灸患部穴位，以达到治疗的效果。据《拾芥抄》："灸治之秽七日，灸者三日……不可诣神社。"

⑤ 格式一般指法规。格为有关法制之敕令官符之集录，是对律令的一种补充。式为诸官府之事务规定。如嵯峨帝时有弘仁格、弘仁式，清和帝时有贞观格、贞观式，醍醐帝时有延喜格、延喜式等所谓三代格式。

第一四八段

四十以后之人以灸加身,若不灸三里穴①则上火,以必灸之为是。

第一四九段

鹿茸②不可置鼻前嗅之。盖人云有小虫自鼻而入,能食脑故也。

---

① 三里穴在膝下外侧稍凹处,按古注,三里之灸利于上中下三焦之病,人四十后阴气衰,易上火,故灸三里以引下之。过去旅行时为使脚步轻松,亦必先灸三里穴。

② 鹿茸即鹿角。初夏鹿角脱落后生新角,有袋状薄膜,上有茸毛,故称鹿茸,为贵重补药。据《和汉三才图会》:"鹿茸,甘温,壮筋骨,生精补髓,养血益阳,治一切虚损,盖古角既解,新角初生时如紫茄——《月令》云:冬至麋角解,夏至鹿角解,阴阳相反如此。——稍长四五寸,形如分岐马鞍,茸端如玛瑙红玉,破之肌如朽木者最善。——鹿茸不可以鼻嗅之,中有小白虫,视之不见,入人鼻,必为虫颡,药不及也。按:鹿茸(和名鹿之和加豆之,俗云袋角),茸字(草生貌)俗以为蕈菌之字,鹿角初生相似未开蕈,故然矣。长二三寸,不尖不坚者为良。——以猿尾、鹿尾伪之,而此等短而有毛。《本草必读》云:鹿角初生为茸,至坚老成角不过两月之久,其发生之性,虽草木易生者,未有速于此者。其补益于人,又岂有过于此物乎?"

第一五〇段

"欲习得艺能之人，当其未臻精熟时，未必愿为人所知，唯于暗中努力，而一俟艺能成就，始出现于人众之中，是则诚为可慕也。"此人之所常言者。

然作如此语者，必不能习得一艺也。

自艺能未精之辈而侧身于名手之中，备受嘲讽而不以为耻，不顾他人之非议而仍能泰然好之不止者，于此艺虽无天分，然不泥于其道，复不任意妄为[1]，年复一年，终能出平庸之辈而臻于名手之位，德高望重，博得无双之名。

天下有名手之称者，其始皆有拙劣不堪之名，又有最劣之瑕疵，然斯人也，谨守正道，不自放任而终成一世之名家、万人之师表，此事诸道均无以易也。

---

[1] 刻苦习艺中，这两句实有画龙点睛之妙。不泥于其道，始能博采众长；不任意妄为，方能卓然成家而不致落入魔道，如此才能在平易中备见雍容大雅之气象，此学艺之极致也。

第一五一段

某人曰："年至五十而未能精一艺，舍之可也！"①困而学之，亦无厚望。老人之事，人不得笑之。然老人杂厕人众之中，观之殊属不雅。

大体言之，老后于诸事宜止而不为，保有闲之身，望之得体，是所愿也。

终生纠缠于世俗之事者，至愚人也。有所欲知之事，习而闻之，得其旨趣明其大略为佳②。若自始即无所欲知，则可称最善。

第一五二段

西大寺③静然上人④伛偻而白眉，望之甚似高德者。上人赴大

---

① 旧注引《论语·子罕》："后生可畏，焉知来者之不如今也。四十五十而无闻焉，斯也不足畏也已！"

② 这就是所谓"不求甚解"。不求甚解者不是不想弄明白，而是不穿凿，不钻牛角尖之谓，然而能得其大旨，非有相当的学识与修养者莫办。明其大略决不等于马马虎虎看过去。

③ 西大寺为南都七大寺之一，在今奈良市西之伏见村，为真言律宗之总本山。

④ 静然上人（1252—1331）为西大寺之长老，名似为静然良澄。传记不详，元弘元年（1331）殁，年八十。旧注：日野有成之子。

内时，西园寺内大臣①殿见之，曰："状何可敬！"皈依之情似甚笃。资朝卿②睹此，曰："年长故耳！"

后日，资朝卿使人持老朽脱毛之狮子狗献之于内府③，曰："状何可敬！"

第一五三段

为兼大纳言入道④被捕，于众武士监视下押赴六波罗⑤之际，资朝卿于一条⑥附近见之，叹曰："可羡也！念及人生于世，能如

---

① 西园寺内大臣即源实衡（1290—1326），善和歌，正中元年（1324）自大纳言转内大臣。

② 资朝卿即权中纳言藤原资朝（1290—1332），家号日野，又称日野中纳言；才学过人，曾以后醍醐天皇谋臣的身份参加王政复古的计划，为北条所获，流于佐渡，六年后，即元弘二年被杀（有的注解谓于元德二年，即1330年被杀）。其子阿新丸为之复仇事，颇有名，见《太平记》。

③ 内府即西园寺内大臣，内府系仿唐人的称呼。

④ 为兼大纳言入道即藤原为兼（1254—1332），家号京极，官权大纳言，以歌人著名，曾撰《玉叶集》。永仁六年（1298）为北条氏所捕，流放佐渡；后召还，因西园寺实兼之谗言而再被捕，流放土佐。

⑤ 六波罗为京都东山区五条大桥附近之地，因六波罗密寺而得名。古时为平氏邸宅所在之处，北条氏于此置南六波罗、北六波罗两探题之官厅，兼管畿内西国之政务。按探题为镰仓、室町时代于重要地方所置之职位，掌该地之政务、诉讼兼管对内乱外寇之镇平、防御诸事，六波罗密探题之外，尚有中国探题、九州探题等等。

⑥ 一条为京都一条大街。

是于愿足矣！"①

第一五四段

　　此人②曾避雨于东寺③之门，其时彼处甚多残废者，手足扭曲翻转，身体各部亦均呈异状，并皆无比之畸形人也。

　　然彼见此极感兴味，凝目视之，移时忽觉败兴，不忍复睹，且心绪至感不快，因思最佳之物无如自然而无怪异之状者。

　　返家后，乃知此间好盆栽而专求其曲折诡怪者而爱赏之，是犹爱彼之畸形，甚无谓也。遂将盆栽诸木，尽拔而弃之。此诚识道之举也④。

---

　　① 历史记述中这种写法很常见，如《史记·高祖本纪》记载刘邦看到秦始皇，就发出过"嗟乎，大丈夫当如此也！"的叹息。但这些说法大多得自传闻，有些是出自作家自己的想象，实际上是没有事实依据的。
　　② 接上段，当指资朝卿。
　　③ 桓武天皇创建、以弘法大师为开山的寺院，全名为金光明四天王教王护国寺，为真言宗东寺派大本山、传布密教之道场，在今京都下京区九条町，因当时作为京都之镇护而建于罗城门之东，故又称东寺。
　　④ 参见龚自珍《病梅馆记》："予购三百盆，皆病者，无一完者，既泣之三日，乃誓疗之，纵之、顺之，毁其盆，悉埋于地……必复之全之。"

第一五五段

欲顺乎世俗而有所作为者，当以识时机为首要之务①。时机不佳则逆人之耳，违人之心，而其事无成。故此等时机宜留心也。

然而患病、生子与死亡，唯此三事不论时机，不因时机不佳而不来。生、住、异、灭②之转变此等真正大事，有如流势迅猛之滔滔河水，滚滚而前，无时或止③。且事无真俗④，果欲有所成就，皆不可论时机。宜勿更踌躇观望，径自身体力行之可也。

谓春老之后为夏，夏尽而秋来者，非也。春之时已催夏气，而自夏既已通于秋，秋转瞬即寒，十月为小春天气，草亦转青而梅亦含苞。树叶之落，非叶先落而新芽始发。新芽自下萌发，旧叶不堪而始落也。迎新之气待于下，待之之中顺序推移，其势甚速也。

---

① 这里的有所作为讲的是同修行相对照的人事，人事是要讲时机、机遇的。俗语所谓"识时务为英雄"就是这个意思。
② 生、住、异、灭，佛教称为四相。生是出生，住是存留在世上乃至变老，异是发生病变，灭是死去。诸物都要经历这四相，而从有情物的主观方面来看，就是生老病死四苦。
③ 《论语》："子在川上曰：'逝者如斯夫，不舍昼夜！'"也是这种感情，不过一个是入世的，一个是出世的而已。
④ 佛教有真俗二谛，真谛指根本不动之真理，即佛教本身。俗谛指世间俗务，所谓事理。真谛为出世法、佛法；俗谛为世间法，即王法。

生老病死①之推移视此犹有过之。四季之顺序尚有定,死期之顺序则不可待。死非由前而来,而系自后迫来。人皆知有死,然不思死能即来,实则不意而至也。

此恰如海边之沙滩,望之似甚辽阔,然海岸潮来,倏乎即涨满矣。

第一五六段

大臣之大飨②通常须拜借适当之场所。宇治左大臣殿③行之于东三条殿④。因地处大内,故呈请拜借时陛下即行幸⑤他所。

虽别无姻戚关系,亦有拜借女院⑥御所之故事⑦焉。

---

① 当初释迦牟尼在年轻时出家的动因,就是因为看到了任何人都无法摆脱的生老病死四苦。
② 指大臣接受任命后招待公卿、殿上人等之宴会。
③ 宇治左大臣殿即左大臣藤原赖长(1120—1156),法性寺关白忠通之弟称恶左府者。与崇德上皇相知,因发动保元之乱(1156),于当年中流矢而死。
④ 东三条殿即二条南町口西,横亘南北二町之宫殿,在乌丸与东洞院之间。据《拾芥抄》:"四条院诞生所,或重明亲王家云云,二条南,町西,南北二町,忠仁公家,贞仁公,大入道殿传领,长久四年四月晦日烧失。"(以上汉文系原文)
⑤ 天子到什么地方去叫"行幸"或"幸",是古汉语中的说法(《汉书·司马相如传》:"设坛场望幸。")。在日本,上皇出行又称"御幸",皇后称"行启"。
⑥ 女院为天皇之生母或其他皇室女性之有院号者。院号为天皇所赐。
⑦ 即先例之可资援引者。

第一五七段

执笔则欲书，执乐器则欲弄之使生音响。执杯则思酒，执骰则思作双六之戏。心[1]必触事而生，故不善之戏不可为也。

圣教之经文虽仅视一句，自然亦得见其上下文字，有因此立改多年之非者。倘令此时不翻读此文，此事复何由而知之耶？此即触物所得之利益[2]也。

信心纵丝毫不起，若于佛前持数珠诵经文，虽在懈怠之中，自亦得修善业[3]；散乱之心，如坐绳床[4]，可于不知不觉之中进入禅

---

[1] 心即思想、念头，是因事物、对象而引起的反应，这实际上是一种朴素唯物论的思想。就佛教教义来说，认为心本身才是意识作用的本体，并不靠外物来诱发它。

[2] 触物得利是就修持的手段而言的。佛像、数珠、经卷都是促使修持者坚持内省、直观、返照方面的功夫的外物。

[3] 佛教中善业指可以得到善果的业因。所谓业，指身、口、意三者之行为，有善恶之别。身业中杀生、偷盗、邪淫等为恶业；口业中妄语、绮语、恶口、两舌等为恶业；意业中贪欲、瞋恚、邪见等为恶业；反之，则都是善业。这类行为都可以成为未来善果恶果之因种，故称为业因。

[4] 用粗木和粗绳制作的一种椅子或用粗绳编成的绳垫，是专供坐禅之用，"坐绳床"即坐禅。

定①。事理原非二致，外相②苟不背道则内证③必熟。故于外相，不可径视之为不信，尊仰之可也④。

第一五八段

某问曰："舍杯底之酒而不饮，其意云何？"

余答曰："此谓之凝当⑤，即弃去凝聚于杯底之渣滓之谓也。"

某复曰："非也，此谓之鱼道，杯底留酒少许，用以涤净酒杯着口处也。"⑥

---

① 禅为梵语音译（禅那）之略称，汉译为"定"，合称"禅定"，一般即简称禅。禅为六波罗密（布施、持戒、忍辱、精进、禅定、智慧）之一。佛教认为，所谓进入禅定，即通过坐禅而能以超越善恶、是非、有无而进入安乐自在之境。

② 外界的、有形象的事物。

③ 内证即内心的妙悟。

④ 这是说合理地执行修持的形式也是达道的手段，现象与本体是相通的、统一的，对一般人来说，不可弃外相而专谈内证。

⑤ 当，参见第三页注⑥。

⑥ "鱼道"之发音在日语中与"凝当"相似。据《下学集》："鱼道者，建残杯也。以余沥洗杯痕，喻鱼之过旧道，故云鱼道也。鱼虽游泳大海，终不忘旧道者也。"日语假名往往嵌入不相干之同音汉字，故后人往往就汉字本义作各种牵强之解释，若"鱼道"者其一例也。

第一五九段

"蜷结①者，累丝作结其形似蜷贝②，故有此名。"此某贵人所云。然而称"尔奈"③者，误矣。

第一六〇段

悬挂匾额于门上而用"うつ"④一词，似不妥。勘解由小路二品禅门⑤则曰"額かくる"（悬挂匾额）。搭看台而谓之"桟敷うつ"亦似不妥。通常虽有"平張うつ"⑥等说法，然谓之"桟敷構

---

① 蜷结，音みなむすび（minamusubi），是一种小而长的结，通常用作公卿之表袴、和尚之袈裟上之装饰。
② 蜷贝是生在河、湖、沟中的一寸左右的小贝，其壳上卷作螺丝状。
③ 尔奈音にな（nina），可能是みな（mina）之讹转。
④ "うつ"主要是"打"的意思，派生的意思很多，挂匾额之"挂"用"うつ"今尚通用。
⑤ 小路二品禅门指从二位宫内卿藤原经尹，行成的后人，世尊寺流派的书道宗师。勘解由小路是经尹的住地，二品即二位（亲王用品以代位），禅门则为禅定门之略，指皈依佛教之男子。
⑥ "平張うつ"意为"搭天棚"（用来遮阳光的）。

ふる"①等则可，谓之"護摩たく"②则不佳。应为"修する""護摩する"等等。"行法"③中之"法"字读清音亦不妥，应读浊音，此清闲寺僧正④所云者，常用诸语，此类情况甚多也。

第一六一段

樱花盛开期或谓自冬至起百五十日，或谓时正⑤后七日，然若谓立春起七十五日，大体可无误也。

第一六二段

遍照寺⑥之承仕法师⑦常饲池鸟。某次法师以饵撒于堂内，而

---

① "栈敷構ふる"意为"搭看台"。
② "護摩"，梵语之译音，又译"呼摩""护魔"，意为"焚烧"。日语"たく"，也是"焚烧"的意思。"護摩たく"意思重复。
③ "行法"（ぎょうぼう）指天台、真言两宗中行密教之法，引申而指一般的修行佛法。法读浊音是发音之方便。
④ 清闲寺在京都市东山清水寺东南，今属真言宗智积院。僧正指道我（1284—1343），为作者之友，歌人，有家集《权僧正道我集》一卷。
⑤ 此处指春分，即彼岸之中日（春、秋分加上前后各三日叫"彼岸"）。时正后七日约当农历三月二十七八日。
⑥ 京都市右京区嵯峨广泽以西之寺，属真言宗，为大觉寺别院。
⑦ 承仕法师是在寺中服杂役的低级法师。承仕是职务名。

开一门引无数池鸟入内，然后彼亦入内，闭户捕杀之，凄厉嘈杂之鸣声闻于户外。时割草之童闻以告人，村中男众自四方聚来，入视之，乃见法师正于仓皇飞扑之雁群中肆意虐杀，遂捕捉此法师，自该村解赴使厅①。使厅将捕杀之鸟悬于其首而监禁之。

此基俊大纳言②任别当③时事也。

第一六三段

太冲④之太字，有加点与不加点之说，此事于阴阳士⑤之间颇有争论。盛亲⑥入道云："吉平⑦自书占文⑧之背面所书之御记⑨在近

---

① 使厅是检非违使厅，相当于今天的公安局加法院。

② 基俊大纳言，参见第八一页注①。

③ 别当是检非违使厅的长官。

④ 据阴阳道，六壬占假设之天盘十二神之第四神名太冲。太冲于十二支中配卯，五行中配木，一年中相当九月。

⑤ 阴阳士又叫阴阳师，属阴阳寮（中务省），阴阳寮掌管天文、历数、占卜等事。

⑥ 原文もりちか，有的本子注汉字盛亲（也可写作守亲），此人具体情况不详。入道指佛教徒。

⑦ 吉平是天文博士安倍晴明之子，在三条、后一条时（十一世纪）为阴阳博士。

⑧ 占文为占卜吉凶之文字。当时纸贵，故用过后还要使用背面。

⑨ 当指日记、杂记、札记一类的文字，有的注家认为是天皇所记，但更可能是关白先人所记的东西，故为其后人所珍视。

卫关白殿①处。"其占文中此字系加点者。

第一六四段

世人相逢时无片刻缄默而必有所云。

然试一闻之，则大都为无益之谈。世间之浮说，他人之是非，于自他均属失多而得少。当彼等语此时，彼此心中不知所语者皆无益事也。

第一六五段

东国②之人与都中人士相交往，或都中人士赴东国以成家立业，或离本寺本山③而转入他宗之显密之僧④，凡诸背弃原有习俗而

---

① 近卫关白殿，一般认为指曾于正和二年（1313）任关白的藤原家平。橘纯一氏认为应指曾于元德二年（1330）任关白的近卫经忠。
② 日本通称的关东地方，指箱根关以东的八州地方，这里是今日政治文化中心，人口密度也最大，东京即在关东地方。
③ 佛教一宗最主要的寺院谓之本寺，又因佛教寺院多在山中，故本山与本寺同义。
④ 即显教与密教之僧。佛教各宗中真言宗是密宗，与之相对，其他各宗都是显宗。此处之显密之僧，实即指佛教各派之僧。

与他人交者，并皆不雅观也①。

第一六六段

试观世人相互矻矻所为之事，恰似春日堆雪为佛，并为制金银珠玉之饰，且为建堂塔之类者。然雪佛何能待堂塔建成而后妥善安置之耶？！

人于存命期间亦有如雪佛不断自下消融，然于此期间内，作诸般经营且期待其成者甚多也。

第一六七段

专于一道之人于专门以外之道之席上曰："噫！若此道为我所专，或不致旁观若此也。"或不出诸口而为心之所思，此亦世之常情。然而此甚不足取也。若于己所不知之道而心有所羡，则可云："可羡也已！己何以不习之耶？"

以一己之智与人争，犹有角者倾角而斗，有牙者以牙啮敌。

---

① 作者在本段阐述了自己的生活态度和美学观点。他认为自己的趣味、修养必须同本来的环境相调合，反对为了功利的目的而去适应同自己格格不入的环境，这看了使人很不舒服。

夫人者，以无伐善①，不与物争为德②。有胜他之心，是大失也。

人之品格虽高，才艺虽出众，先人虽负盛誉，苟有凌人之心，纵不出于口，内心终有若干可咎之处。故应慎之而忘此为佳也。

望之愚蠢，为人所非难，乃至贾祸，唯由此傲慢之心而来。凡真正长于一道之人，皆自明知己非，故志常不满，遂无时自夸于物也。

第一六八段

年老之人有精通一艺之才能者，他人论及时恒为老人鼓吹，曰："此老百年之后，孰与问道者耶？"如此则斯人虽老，其生活仍有意义也。然老而不衰，正因终生埋头于此一事，又似甚无谓也。若曰"今已忘之矣"则佳。

大体言之，虽有心得，然而任意放言之人，非大才也。而自谓"不甚了然"者反确有斯道大家之感。况己所不知之事，洋洋自得强作解人，又以其年长而人不能指摘其非，遂作妄言，心知其误而闻之，实不堪也③。

---

① 《论语·公冶长》："颜渊曰：'愿无伐善。'"无伐善就是不夸耀自己的优点。
② 把不与物争看成是一种高尚的品德。《论语·八佾》："君子无所争。"
③ 这句话总括起来，大意是：对于自己不懂的东西硬充内行，说三道四，本来没有资格说话，却又乱发表意见，别人听了不对头，又因他年老不好反驳他，听这种话实在难受。这一段可为倚老卖老者一戒。

第一六九段

某人曰："所谓何事之式①者，后嵯峨御代②之前并无此语，近来始有用之者。"

然建礼门院之右京大夫③于后鸟羽院即位④后再度奉仕而居住于宫中时曾记曰："世间之式亦无变化也。"⑤

第一七〇段

无特殊事而赴他人之所，非佳事也。有事而往，事毕应即返。

---

① 这里的"式"有惯例、作法、风俗、法式、样式等意义，如东京式、关西式、中村式等。

② 后嵯峨天皇在位期在仁治三年至七年（1242—1246）。

③ 即奉仕于建礼门院之女官右京大夫。按建礼门院为平清盛之女德子、高仓天皇之中宫、安德天皇之母。奉仕她的女官右京大夫指书家藤原伊行之女，著名女歌人。右京大夫奉仕建礼门院时居宫中，同重盛之子资盛恋爱，经历了种种不幸的遭遇。不久平家一门因寿永元历之乱而没落，恋人沉入海底，建礼门院遂赴大原山深处送其余生，此时右京大夫亦出宫而隐居比叡坂本一带，至后鸟羽天皇即位后始再入宫。兼好所谈的即此时之事，有家集《建礼门院右京大夫集》。

④ 后鸟羽天皇（1180—1239）是高仓天皇之皇子。安德天皇西奔后，于寿永二年（1183）即位，在位十六年。

⑤ 这话系引自右京大夫的作品，只文字略有出入。引文中的"にも"，在原文只是"に"。

长久留他人处,甚为可厌。

与人对坐,所谈必多,身疲而心乱,有碍诸事,浪费时光,于人于己皆无益也。

对客生厌,亦不宜作烦躁语。若不喜来客久坐,虽对之明言可也。至若情投意合,愿与之对坐者,无聊时可曰:"请暂坐,今日请安坐而谈可也。"如此情状则不在此限。阮籍之青眼人皆应有之[1]。

无事而来,悠然而谈,然后归去,此甚佳也[2]。或以书信告之曰"久未奉教"云云,亦甚可喜。

第一七一段

为合贝[3]之戏者多忽略身前之贝,而以目扫视他处,或他人袖下,甚或他人膝下,巡视之间,身前之贝已为他人合去矣。善合贝者则望之似非甚欲取他人之贝,而唯欲合近处之贝,故所合

---

[1] 阮籍是魏尉氏人,竹林七贤之一,字嗣宗,多才艺,好老庄之书,因步兵厨善酿,因求为步兵校尉,世称阮步兵,有《咏怀诗》八十余首及《大人先生传》《达庄论》等传世,为诗中大家。《晋书》说他不拘礼教,能为青白眼。母终,嵇喜来吊,籍作白眼,喜不怿而退,喜弟康闻之,乃赍酒挟琴造焉,籍大悦,乃见青眼。

[2] 作者反对的是无益的闲聊,至于至友之间的论学论道,相互切磋,则不在此例。

[3] 合贝又称覆贝。众人环坐,取蛤壳三百六十各分为二,以其中之一半称地贝者扣于地上摆作一圈,中间为空地。玩时先出一片贝壳(称为出贝),置于中间空地上,座上人即就地贝中觅得成对者合之,多者为胜。

者多。

置石于棋盘之角，凝视对侧之石弹之则不中，注视己手附近处，对附近之圣目①直弹之，则对面之石必中。

万事皆不可外求。仅就身旁之事正而行之可也。清献公②有云："行好事，莫问前程。"保世之道岂不在兹乎？

不慎于内，轻率放纵，肆意而为，则远国必叛，斯时也始谋求对策，此则适如医书所云："当风卧湿，病而诉之于神灵，愚人也！"③如斯之人不知消除目前众人之愁苦，施恩惠，正道而行，则德化远流。若禹，虽征三苗，未若还师而布德也④。

第一七二段

少之时血气内盛，触物心动而多情欲⑤。如此则危身而易碎，

---

① 圣目又叫井目（圣、井二字日语音通）。围棋盘上有九个这样特别标出的点（中心一点，四周八点）。这里所说的游戏是在棋盘的一角放一棋子，以弹中对角线上之子为胜。

② 指我国宋人赵抃（1008—1084），字阅道，历仕仁宗、英宗、神宗三朝，官至参知政事，与王安石不合，自请为杭州知事，殁后谥清献。

③ 旧注引《本草序》："真诰曰，常不能慎事上者，自致百痾之本，而怨答于神灵乎？当风卧湿，反责他人于失覆，皆痴人也！"

④ 《书·大禹谟》记禹曾征讨不从王命的南方蛮族三苗之乱，久而无功，乃从伯益之议止兵归国而施德政，三苗不久即闻风归降。按三苗，国名，缙云氏之后，在今湖南、湖北、江西一带。

⑤ 旧注引《论语》："少之时血气未定，戒之在色。"

若走珠然①。好美色②而费财货，忽又舍此而着僧衣，逞好勇之心与他人即物而争，中心既耻且羡，所好之事日无所定；溺于色，惑于情，或洁行而误百年之身③；或欲效他人丧生之例，不思全身长生；或心耽于色而长时为世人之谈资。凡此误己者，皆幼时之所为也。

老人精神衰，嗜欲淡，少执着，故于物无所感。心自然而静，则不为无益之事。当爱身，无愁且无扰人之意。年老时其智胜于幼时，犹之乎幼时容貌风采胜于老时也。

第一七三段

小野小町④之事不明之处极多，其衰老之状见于《玉造》一书⑤。

---

① 使珍珠迅速滚动，就容易跌落或碰碎，所以必须慎重。
② 原文作美丽，也可以理解为美衣、美食、美屋等等。
③ 此处之洁行指游侠之类的行为，常为小名而误大事。
④ 小野小町为平安朝著名女歌人，号称六歌仙之一，其传记不详。据黑岩泪香的研究，她出身出羽之小野族，原名比右，为出羽郡司小野良真（小野篁之子）之女，十三四岁时以采女身份仕于朝廷，其在世时期约当仁明帝至光孝帝之间（833—887）。小町为绝世之美人，求爱者甚多，而小町高以自持并皆拒之，唯与仁明帝相恋。后因藤原氏而被斥于朝廷之外，恋亦未遂，乃退居比叡山麓之小野庄以待时机。仁明帝殁于嘉祥三年（850），恋事乃成泡影。小町归京后终于缀喜郡井手村，年六十九，葬于井手寺。
⑤ 即《玉造小町壮衰书》，一卷，收入《群书类从》（卷一三六）。小町诗歌中因有"玉造"（玉匠）一词，所以也叫玉造小町。但有的注家认为玉造小町是另一人，也有人说此书是后人伪托的。

此书或谓系清行①所著，然入于高野大师②之著作目录。大师殁于承和初年，然则小町之盛年期岂非在其后耶？毕竟不甚了然也。

第一七四段

善于捕捉小鹰之犬若使之捕捉大鹰，此后即不再善于捕捉小鹰③。就大舍小，诚不刊之论也。

夫人事虽多，味之深者无逾乐道④。此真正之大事也。人一度闻道而志于此，则何业不可舍，所欲为者又何事耶？虽至愚之人，其心岂能劣于伶俐之犬耶？

第一七五段

世事多不可理喻者。

每有事，必先进酒，强人饮之以为乐事，其故殊不可解。饮

---

① 一说指三善清行（847—918），文章博士，累官至大纳言，延喜中上有关时弊的意见十二条。一说指安倍清行，昌泰三年（900）殁。
② 即弘法大师空海（774—835），赞岐人，入唐传真言宗，弘仁七年（816）在高野山建金刚峰寺。
③ 旧注认为这里的所谓大小鹰实系泛称大小禽类。
④ 这里的道，当指佛道。

者面有难色，颦蹙其眉，欲伺人不见时舍酒而遁，乃复捉之，引而止之，迫之滥饮；终至端庄者忽变狂人，作愚蠢之举动。无恙者立成严重之病人，不辨前后，醉倒以寝也。祝日等发生此事，实令人咋舌！讫于翌日，头痛，不能进食，呻吟卧榻之上，不记昨日如隔世，误公私之大事，良多不便。

陷人于此境地，既无慈悲之心，又乖于礼仪。罹此不幸之人，于强人饮者，何得无怨！设外国有此习而本国无之，若听其传闻必有不可思议之感。

有他人之事而望之甚为不堪者。

有望之似有深虑且高雅之人肆意笑骂，喋喋不休，乌帽倾斜，衣纽开解，衣裾高卷，不顾体统，迥异平时之举措；或有女子，搔起额发，不知羞耻，腆颜作笑，牵持杯之下品人以肴塞其口，本人亦吞食不止，丑恶殊甚；尽力呼啸，各自歌舞，甚且召来年老法师，赤膊污黑，鄙俗难以入目，虽有兴致之人，亦觉极为可憎也。

亦有人夸夸其谈，自我吹嘘，强身旁之人听取之。亦有人因醉而泣，下贱之人则相互谩骂争吵，可厌复可畏。所作之事无不可耻可恶，终则强取不得允许之物，或堕屋檐，或堕马落车而致伤也。至于无乘物之辈，踉跄行于大路之上，并向土墙、门下行不堪入目之事。亦有年老着袈裟之法师，扶小童之肩，口出谵言，蹒跚而行，望之可愍。

如斯等事，苟于今世与来世有何利益可言，固已无可奈何也。然于今世，则多过错，损财富，招疾病。虽谓之百药之长[1]，然万

---

[1]《汉书·食货志》："夫盐，食肴之将，酒，百药之长。"

病正由酒而起。虽云可以解忧①，然人醉后反能记起过去之忧而至啜泣也。其于后世，则因酒而失人之智慧，如火之烧却善根，增恶而破诸戒，终必入于地狱②。佛云："若自身手过酒器与人饮酒者，五百世无手。"③

然酒虽如斯之可厌，自亦有难舍之时。月夜、雪朝、花下，悠然而谈，举杯足添万兴。无聊之日，友人不期而至，设酒宴款待之，甚感快慰。于贵人之家，自御帘中持出酒肴，若经美人之手，甚佳也。冬日于狭小之处以火煮物，与知心密友相对豪饮，至为有味也。旅中小舍或野山等处，口称"酒肴为何？"云云，设坐草地之上而饮，亦有意趣。

苦于不能饮酒之人，为人所强，略饮少许，亦大佳事。上品之人特举杯自语，曰："再饮一杯如何，酒已无多矣。"云云，亦复可喜。甚望与之结识之人，若豪于酒，而能于席上亲密无间，亦可喜也。

虽则，善饮者多有趣且天真可喜。醉卧至朝，居停主人引开障子，顿感手足无措，纵睡意尚浓，细髻突出④，亦无暇着衣，抱之狼狈而走，观其捉裾而逃之背影与生毛之细胫，其情状甚为有趣且相调合也。

---

① 《汉书·东方朔传》："销忧者莫若酒。"
② 佛教认为地狱为犯罪者死后堕入的三恶道之一。《正法念经》："以酒施于持戒之人，或破禁戒而自饮酒，或作曲酿，临命终时其心迷乱，失于正念，堕地狱。"
③ 引自《梵网经·心地法门品》，此系汉译原文。
④ 当时男子多戴乌帽子，这时细髻露了出来，可见帽子已经掉了。

第一七六段

黑户①者，小松之御门②为人臣时常嬉游于此处为炊事等儿戏，即皇位后，于此不能忘怀，仍常临幸此处。其室因燃薪而有熏烟，故称黑户。

第一七七段

镰仓中书王③官邸将蹴鞠④而庭院雨后未干，如何处理，各有所见。

佐佐木隐岐入道⑤以车多载锯屑进，布之庭中，泥泞得除。人谓入道贮锯屑，其用意殊难能可贵，故人皆感之。

---

① 黑户也叫黑户之御所，在禁中清凉殿之北，泷口之户之西。
② 小松之御门即光孝天皇（830—887），他是仁明天皇之第三子，五十五岁时即位。因他生在小松殿，所以人们一般称他为小松帝。御门即帝、天皇之意。
③ 中书王即一品中务卿宗尊亲王（1242—1274），后嵯峨天皇之长子，曾因北条氏之请，任征夷大将军，文永三年（1266）归京。镰仓为亲王住地，中务卿用唐人的说法就是中书王，这一职位例由亲王担任。
④ 蹴鞠，即今之踢球，也是从唐朝传入的。球用革缝制，中实以麻屑类物，踢球时也有球门、球场。
⑤ 隐岐入道即佐佐木太郎左卫门政义（1208—1290），左卫门隐岐守，出家后称心愿，高纲之弟义清之子。

后复有人谈及此事，吉田中纳言①云："何不用干砂？"某人闻此而愧焉②。初以为殊胜之锯屑，一变而成下贱异常之物矣。

奉行庭仪之人储干砂以备用，故实③也。

第一七八段

某处之诸武士④观内侍所⑤之御神乐，既而语人曰"某殿持宝剑⑥"云云，大内某女官闻此，喃喃细语曰："行幸别殿时所持者昼之御座⑦之御剑也。"此甚高雅。其人长时任典侍⑧故也。

---

① 注家一般认为指万里小路中纳言藤原藤房（约1296—？），橘纯一氏认为也可能指藤原冬方。冬方为后醍醐天皇之近臣，嘉历元年（1326）任权中纳言，元德元年（1329）出家，时年四十五，自其父经长以来，补任公卿时皆号吉田，《太平记》可以为证。

② 因为此人刚刚称赞了撒锯屑的办法。

③ 故实即惯例。

④ 原文为侍，凡禁中之泷口（警卫武士）、院之北面、东宫之带刀以及亲王、摄政、关白、大臣等的家人都叫侍。侍有高至五六位的。

⑤ 温明殿内之贤所通称内侍所，为奉安八咫之御镜之处。关于每年十二月在此举行的御神乐，参见第一五页注①。

⑥ 宝剑为三种神器（参见第二七页注②）之一的"天丛神剑"。但这里保存的宝剑是仿造品，原物在热田之神宫。

⑦ 昼之御座为清凉殿内天皇之常座。

⑧ 典侍为内侍司之次官，掌奏请、传宣等事。长官为尚侍，判官为掌侍，一般所谓内侍多指掌侍。

第一七九段

　　入宋沙门①道眼上人②持来一切经③，安置于六波罗一带名烧野④之处，就中特讲《首楞严经》⑤并以那兰陀寺⑥为号。

　　此上人云："那兰陀寺大门北向，传为江帅⑦之说，然不见于《西域传》⑧《法显传》⑨以及他处。江帅有何才智而作此说，不知也。然唐土之西明寺⑩固北向也。"

---

①　入宋，指到宋（赵宋）留过学的；沙门，梵语之译音，或译桑门、沙迦摩那等等，指勤修诸善法、止息诸恶法之人，此处泛指僧侣。

②　道眼上人当系作者同时代人，传记不详，传说他延庆二年（1309）左右去中国，当时已是元武宗至大二年，则所谓渡宋、入宋云云不过是以宋为中国之代词耳。

③　一切经即《大藏经》，是佛教全部经、律、论的汇集，当时已有七千余卷。

④　烧野地点不详，或谓指七条大桥以东北侧一带。六波罗在京都五条尽头，鸭川以东一带。

⑤　《首楞严经》系唐武则天神龙元年（705）印度僧般刺密帝口译、房融笔受之经，属秘密部，十卷，又叫《那兰陀大道场经》，为阐述禅法要义之经。

⑥　那兰陀寺为古印度佛寺，一直保存到十四世纪。那兰陀意为"施无厌"。正文以安放一切经之处名为那兰陀寺，此系借印度古寺之名。

⑦　江帅即大江匡房（1041—1111），江为大江之略，因官太宰权帅，故名江帅。平安朝后期汉学家、歌人，仕于后冷泉、后三条、堀河三朝。著有《江家次第》《本朝神仙传》等书，尚有记录其讲话之《江谈抄》。

⑧　《西域传》即唐玄奘之《大唐西域记》。

⑨　《法显传》是法显三藏记赴印求法的自传，参见第六九页注①。

⑩　西明寺是唐高宗时命玄奘仿祇园精舍在长安修建的寺院。

第一八〇段

三毯杖者①，自真言院②持出正月打毯用之毯杖③，至神泉苑④而烧却者也。其时歌中所说"于法成就之池⑤"者，即指神泉苑之池也。

第一八一段

某识者云"降降粉雪，积积粉雪"者⑥，以其与捣米筛糠之情

---

① 原文作"さぎちやう"，无汉字，一般汉字配以"左义长"三字，有的注家认为应是"三毯杖"。三毯杖指每年正月十五日（或十四日、十八日）为驱除疾病举行的仪式。做法是在清凉殿之东庭立青竹三束，上缀以扇子、短册、天皇之吉书等等，然后在近旁阴阳师的歌声中把它烧掉，天皇则驾临清凉殿观览。而今天有的地方称とんど的，也是在正月十四、十五或十八日，将松竹、注连绳（一种取吉利的稻草绳）、新年开笔字等收集到一处烧掉。

② 真言院在大内八省院之北，宫中法事多在这里举行。

③ 毯杖是儿童正月用来打毯的槌形杖，上有彩色丝线为饰。

④ 桓武天皇迁都前所修之庭苑，在二条大宫，因池而有名，历代天皇用为游憩之地。

⑤ 这是三毯杖仪式中所唱歌谣中之一句。据说天长时（824—834）大旱，空海奉敕命到神泉苑之池祈祷，于是忽降大雨，歌谣所唱当指此事。唯原歌其他部分已不详。"法成就"是"修佛法而有所成就"之意。

⑥ 原文作ふれふれこゆき、たんばのこゆき。

状相似，故谓之粉雪也。"たんばの"①为讹转，本应作"たまれこゆき"②。其后句则应为"于垣之上，于木之叉"。

童谣似昔已有之，鸟羽院③幼时遇降雪即曾歌此，事见《赞岐典侍日记》④。

第一八二段

四条大纳言隆亲卿⑤以干鲑⑥供御膳，人或曰："如斯贱物岂能供御膳耶？"

大纳言闻之，曰："鲑之为鱼若不得供御膳，然鲜鲑既可，干

---

① 有的注者认为"たんばの"是"たまれ"之讹，虽略感牵强，但可备一说。
② たまれ自たまる变来，有积留之意。
③ 鸟羽院是鸟羽天皇（1103—1156）让位（1123）后的称呼。他是堀河天皇之长子，嘉承二年（1107）堀河殁时即位，年仅五岁。
④ 赞岐典侍为堀河天皇之乳母，歌人，为女三十六歌仙之一，她的两卷日记记述了堀河天皇从生病到死亡的情况，随后又记到鸟羽天皇的即位。此书后收入《群书类从》。
⑤ 四条大纳言隆亲卿（1203—1279），善胜寺大纳言隆衡之子，历仕堀河天皇至后宇多天皇六朝五十余年，世传庖丁之技，任权大纳言正二位检非违使别当。
⑥ 鲑就是我们所说的大马哈鱼。是一种硬骨海鱼，侧扁纺锤形，上暗下淡，产卵时洄游原来的河川，春季孵化，夏季入海，肉以鲜食为主，也可以腌制或熏制。

鲑又有何不可？若干鱼不可，则干鲇①何以又能供御膳耶？"

第一八三段

牴人之牛则切其角，啮人之马则割其耳，以为标记。不作此标记，则伤人之时，主人之罪也。啮人之犬不可饲。凡此皆有罪之行，律之所戒者也②。

第一八四段

相模守时赖③之母名松下禅尼④，某时有招待相模守返家事，禅尼唯于熏黑之明障子之残破处，亲手以小刀割去四周而重糊之。

---

① 鲇是鲑科之一属，也是一种硬骨鱼，汉字又写作香鱼，生于淡水中，急流中之鲇较大，约十五六厘米，湖水中者较小只五六厘米，体细长，鳞细小，色黄带橄榄色，腹部白色，肉味极鲜美，在日本以美浓之长良川、筑前之玉岛川、大和之吉野川、肥后之球磨川、武藏之多摩川者最有名。

② 古注：律之《厩牧》中有云："凡马牛及犬有触牴踢咬人，而记号拴系不如法，若有狂犬不杀者，笞四十。"疏云："依杂令，畜产牴人者截两角，踏人者绊足，啮人者截两耳，此为标识羁绊之法。"

③ 相模守时赖（1227—1263）姓北条，为镰仓幕府第五代将军，建长元年（1249）任相模守，康元元年（1256）剃发退居最明寺，因称最明寺入道，以仁慈俭约著称，在北条之九代中最称治世。

④ 松下禅尼为秋田城介安达景盛之女，北条时氏之妻，经时、时赖、时定之母。松下为镰仓之一地名，禅尼为出家女子之称。

其兄城介义景①为当日执事,因曰:"此事当使某人为之,彼于此道甚为熟悉也。"

禅尼曰:"彼于此道,未必即优于余。"语讫,复分格重糊。

义景复曰:"何不全部易以新纸?如此则简易多多,且无斑驳不雅观之弊。"

禅尼答曰:"尼②亦曾有意换却全部糊纸,唯今日所以如此,亦特有故,俾年少者见之而留心,知物须仅就残破处加以修补而用之也。"此言殊为可感。

夫治世之道以俭约为本。禅尼虽女性而与圣人之心相通③。有子能保天下④,诚非常人也!

第一八五段

城陆奥守泰盛⑤,无双之骑手也。

---

① 城介义景即秋田城介安达义景。秋田城介是出羽国秋田城的次官。当时他负责招待时赖回家的事情。
② 尼为出家妇女自称。
③ 这里的圣人当指孔子,《论语·述而》:"子曰:'奢则不孙,俭则固,与其不孙也,宁固。'"
④ 所谓能保天下,是因为她的儿子时赖是当时掌握实权的人物。按日本历史上镰仓时代,为武家执政时代的第一期,自文治元年(1185)源赖朝灭平氏而于镰仓建幕府时起,至元弘三年(1333)北条氏灭亡时为止,凡百五十年左右。
⑤ 泰盛为前段安达义景之第三子,因他任秋田城介又兼陆奥守,故称城陆奥守。他因遭谗(坐其子宗景事)而于弘安八年(1285)为执政贞时(北条第九代)所杀。

当彼使人牵马而出时，见该马并前后足一跃而跨门槛，因曰："此烈性马也！"遂命易鞍于他马而不乘。

又见有马伸足蹴门槛，乃曰："此驽马也，乘之必负伤。"遂弃之而不乘。

若非深谙此道者，安得如斯戒慎恐惧耶！

第一八六段

有骑手名吉田者云："须知凡马皆难于驾驭，非人力所能争者也。凡可乘之马，宜先谛视，知其强弱之所在；次则应注意鞍辔之具有无危险之处，苟有所虞，即不可乘。唯有于此等处留心不忘，始可称为骑手，此乃秘诀也。"

第一八七段

通任何一道者，纵其艺未臻熟巧，较之灵巧之非专门家，亦必过之。盖前者专心慎重，不轻易为之，而后者任意而行，故二者有别也。

然岂又仅限于技艺，一般之作为与夫用心之方，若拙慎为之①，

---

① 技艺虽稍差，但用心仔细对待。

得之本也。巧肆为之①，失之本也。

第一八八段

有使子为法师者，谓之曰："汝可致力学问，明因果之理②，为说经等事，以为涉世之方可也。"

其子遵父教欲为说经师，乃先习乘马。自忖身无舆车，而一旦被请为导师③迎以坐骑，若以尻似桃核而不能据鞍而落马，是为可忧也。

其次，佛事之后，人或劝之以酒类，若法师滴酒不进，檀那④必大扫兴，故又习早歌⑤。此二艺渐觉有味，而愈益求精，专心肄习之间，遂更无学习说经之暇而年既已老矣！

非仅此法师为然，世间之人大多类此也。

年幼之时，于诸事欲立身，亦欲成大道⑥，习技艺，为学问，劳心筹画久远之计，但终以来日方长，遂至怠惰，故仅纠缠于当前琐事以送日月，一事无成而身老矣。终则未精一艺，亦未能立

---

① 技艺虽高明，但随随便便，掉以轻心。

② 这里的因果之理不是作为逻辑范畴的因果关系，而是佛教所讲的因果报应之说，所谓善因结善果，恶因结恶果是也。

③ 导师是主持法事（佛事）的法师。

④ 檀那，也叫檀越、檀家，梵语的音译陀那钵底之略，意为施主。今天日语中的旦那（だんな，即施主，后转义为老爷）即源自此词。

⑤ 早歌是镰仓时代至室町时代流行的一种谣曲，也可用于酒宴。

⑥ 此处之成大道指成为一门学艺之大师。

身若始初所设想者，纵悔恨亦不得返老还童，而若下坡之车轮，速入衰老之境也。

故一生中所望之诸要事中，何者为最要，宜熟思比较之。第一之事一旦确定，他事即应断念，而专心致力于此一事。一日之中，一时之中，亦有多数之事纷至沓来，而所为者总应为较他事有益之事，其他则当舍之，全力急赴此第一大事。若应舍者一无所舍而仍生贪恋执着之心，则必一事无成也。

试以围棋喻之。弈者虽一子亦不欲唐出[①]，故当先人舍小以就大。因此舍三子以取十子易，而舍十子以得十一子难。所多虽不过一子亦所愿也，然舍之多至十子则吝惜之心生矣。是不欲以此而易多之甚微之子也。于此不舍而于彼复欲求之，终至于彼不可得，于此又失之而已矣。

居京中者有急事赴东山[②]，既至矣而复思赴西山更为有益，乃应自对方门前返回而赴西山，然若以为既已至此，何妨先谈妥此地之事，况西山之事又无时限，待归后从容计议可也。如此则一时之懈怠即成一生之懈怠，不可不引为戒惧者也。

若必欲成就一事，即不得以他事之破坏为痛苦，不得因他人之嘲笑而感羞耻。不以万事易之，则不能成一大事也。

人之大群中有某人曰："有所谓'ますほの薄''まそほの

[①] 下棋时每一子都关系到全局，所以不能随便下出来。
[②] 东山为京都市东方一带的山地，即清水寺、知恩院等方面。西山则与东山相对，在京都市西方，即嵯峨、岚山方面的山。

薄①'者，此系渡边②之某僧闻之先人者。"时登莲法师③在座，又值降雨，法师闻之，曰："有蓑笠耶？请借用。欲赴渡边之法师处，就此薄之事请教之也。"某人曰："何太急！可待雨止。"法师曰："莫作此无理之言！人命岂能待雨止？此间余可死，上人亦可死，则此事孰与请教耶？"

语讫，即疾走而出并习得之。如此传闻之事实为可感！《论语》一书有云："敏则有功。"④正如法师于此薄知之未审，一大事因缘⑤宜认真虑及也。

第一八九段

今日虽思欲为某事，而此外又有其他急事，如此一日遂于忙乱中度过矣。等待之人，有事不来；不速之客，飘然而至。可靠之事，不能如愿；不意之事，反甚顺遂；烦难之事，圆满了结；

---

① 薄，参见第一二〇页注②，在日本是秋之七草之一，但它也泛指丛生的草。据旧注："まそほの薄"是"赭红色的狗尾草"之意，"ますほ"为"まそほ"之讹转，这中间并没有什么深奥的道理。

② 渡边，或写作渡部，难波堀江之地名。今大阪市东区也有名"渡边"之地。

③ 登莲法师，生平未详，但《词花集》以下的敕撰集里有许多歌是此人所作，有家集《登莲法师集》。这里提到的事见于鸭长明的《无名抄》。

④ 《论语·阳货》："子张问仁于孔子，孔子曰：'能行五者于天下为仁矣。'请问之。曰：'恭、宽、信、敏、惠。恭则不侮，宽则得众，信则人任焉，敏则有功，惠则足以使人。'"所谓"敏则有功"，意思是说人勤快就可以出成绩。

⑤ 一大事因缘即在修持上成就最高的功德。

简易之事，却生遗患。日日度过，绝不与所设想者相似。一年间事亦若此，一生间事亦若此。虽云前之所望皆不得实现，自亦有不与本愿相违之事，要之终觉事物难定。若唯觉世事无定，是诚为至确之论也①。

第一九〇段

妻者，男子不应保有者也。

闻一向独居等语，甚感高雅。闻为某人之婿或迎某女以同居，则极感可厌！揣摩其人卑鄙之心，竟以平凡之女为美人而定欲迎娶之，若此女果系美人，则此人必当倾心侍奉，若奉我之佛祖然。如是论之，当无大误也。

一家之内执家政之女尤甚可厌。生子嗣等而爱抚之，甚无谓也。夫死，其妻为尼，其年老之状，纵夫死之后亦属不堪。

无论何等女人，与之朝夕相处，亦当觉可厌可憎。自女方言之，亦当有悬空无着之苦。虽不同栖而时时过往相见，则反而成为历年所而感情始终不渝之伴侣。

不期而至，止而宿之，则可常保新鲜之感也②。

---

① 从流转变动的观点看待世事，是作者思想上之一大特色。
② 所谓不期之至，当是男子来女子处，然新鲜之感则是对双方而言的。

第一九一段

谓凡物入夜即不足观之人,甚不足取。

万物之光采、装饰与夫色调,唯于夜间见之始觉非凡。昼间不妨简素、质朴,夜间则以绚烂华美之装束为最佳。人之姿容借夜间灯火观之,美者愈美。谈话之声于暗处闻之则引人注意,优雅有味。香味与乐音亦唯夜间更觉动人。

平常之夜,夜深来访之人,别有清新之致,颇为有味也。少年朋辈留心观看他人姿容者,无时间之分,特别于可以放任之时,亦应无便装盛装之分,均须用心打扮。美男子日暮后始梳发,女子亦于夜色渐深时始离座取镜饰容。此则实为有味也。

第一九二段

参拜神佛,以于众人不参拜之日[1],夜间行之为佳[2]。

---

[1] 指节日、祭日以外之日。
[2] 本段可以视为前段之补充。

第一九三段

愚者忖度他人，虽自以为知其智能，实则未能中肯。拙贱之辈唯巧于弈事，其于不精于此道之贤者，必以为其人之智能莫己若。诸道之专家见不通其专精之道者，则以为彼不如己，是可谓大误也。

文字之法师①与暗证之禅师②互以为彼不如己，此则两方皆不当。盖于非己所专之事物，不可争优劣，不可论是非也。

第一九四段

达人观人之眼当无丝毫舛误之处。

譬如某人构虚言于世以惑众，有径信以为真而为之所绐者；有信之甚笃，更以己意附会之者；有于诸事皆不在意，而不留心于此者；有略生疑惑，然而难以确知可信或不可信者；又有虽不以为然，然自忖既已有人言之，事亦容或有之，遂不复深究者；又有经过种种推量，若有所悟，颔首会意，面露笑容，实则一无

---

① 天台大师在他的《摩诃止观》里把只知解释经文而没有悟道之智慧的人称为文字之法师。

② 天台、法相、真言诸宗的僧侣称不重视经文而只讲求顿悟的禅僧为"暗证之禅师"。

所知者；又有先作种种推测，似觉有理，既而又似觉有误，因而处于疑惑状态者；又有谓无何可怪，拍手而笑者；又有心知其伪而口不言，心知其为流言而又不拟有所举措，因而与不知之人混同者；又有自始即心知虚言之本意，然非但不加嘲笑，反而推波助澜、助纣为虐者。

知事物之真相者于愚者中之此等伎俩无论自言词与神色均能有所感受并详知之而无所遗漏。矧明智之人见迷惑之我辈实了如指掌也。

但此等推量，皆不得准佛法而言之也[1]。

第一九五段

有过久我绳手[2]者见有着小袖衣与大口裤[3]之人以木雕之地藏[4]像浸于田中之水而认真洗之。当彼正困惑不解时，见有着狩衣之男子[5]二三人前来，曰："在此处！"言讫遂携此人而去。

---

[1] 作者这一段讲的都是世俗的道理，但也可以从中看出作者平时观察的细致与深刻，如果从佛教的立场来看，世间一切事物，无论真伪是非，都是虚妄的，那就是另一回事了。

[2] 京都郊外桂川西岸有村名久我，自此处至山崎则有所谓绳手道，即田间笔直的道。

[3] 大口裤是穿在表裤之下的，通常面与里都用红平绢。

[4] 据佛教的说法，地藏受佛之付托，在佛入灭和弥勒佛出世期间，成为化度六道众生的菩萨，常现身地狱以救众生之苦难。

[5] 着狩衣之男子当为久我家之武士。

此人即久我内大臣殿①，常时②盖一神妙可敬之人也。

第一九六段

东大寺③之神舆④自东寺之若宫归座⑤时，源氏公卿皆赴若宫供奉⑥。其时此殿⑦为大将⑧，先行充警跸之任⑨。土御门相国⑩见之，曰："神社之前而置警跸，何谓也？"答曰："随身⑪之作法，兵仗之家⑫知之。"

---

① 久我内大臣殿即源通基（1240—1308），正应元年（1288）任内大臣。
② 久我内大臣时发狂疾，常时即指不发病的时候。
③ 东大寺为奈良七大寺之一，著名的奈良大佛即在此寺。
④ 神舆指此寺之镇守神手向山八幡宫之神舆。
⑤ 若宫为男山石清水八幡宫之若宫，祭神为仁德天皇。因石清水八幡为东寺之镇守（地主）神，故东寺境内有若宫八幡。所谓归座指手向山之神舆在石清水之若宫停留后返回手向山。
⑥ 因八幡宫为源氏之氏神，故源氏公卿皆赴若宫供奉。公卿者，摄政、关白、大臣为公；大、中纳言，三位以上者为卿（但参议四位以上者也称卿）。
⑦ 此殿即上段之久我内大臣殿源通基。
⑧ 大将指右近卫大将。
⑨ 犹今之警备、保卫之类。
⑩ 土御门相国指太政大臣源定实（1241—1306），为久我之庶流，小通基一岁，时二人俱任大纳言。定实为权大纳言显定之子。相国为唐人的称呼，即太政大臣。
⑪ 随身即舍人，参见第一页注③。
⑫ 兵仗之家即武官之家。近卫大将为武官中最高者。

其后复谓人曰："此相国但见《北山抄》①，而不知西宫②之说。因于神属下之恶鬼恶神有所恐惧③，故于神社，特有警跸之理也。"

第一九七段

定额④一词不限于诸寺之僧，亦有定额女孺⑤之说，见于《延喜式》⑥一书。凡一定人数之公人⑦，皆有此通称也。

---

① 《北山抄》为四条大纳言藤原公任所著，十卷，记一条天皇以后之仪式、故实等。北山为其隐栖之地。

② 指西宫左大臣源高明，他著有《西宫记》（二十卷），此书也是记述仪式、故实者。西宫为高明之官邸。考今之《西宫记》并无此说，则此处当指西宫左大臣其人，而非其书也。

③ 人们认为神社之神属下的恶鬼恶神能作祟于人，故有警跸之必要。

④ 当时对敕愿寺等之僧侣的人数有所限制，称"定额僧"。

⑤ 女孺为内侍司的下级女官，掌扫除、灯油等事。

⑥ 《延喜式》，醍醐天皇延喜五年（905）由藤原时平开始编撰，后因编者中途死亡，复由其弟右大臣忠平完成。此书共五十卷，记宫中年中行事、百官临时之作法、诸国之定例等。第十四卷中记"定额女孺"事。

⑦ 公人指朝廷官员。僧有僧官，也在公人之内。

第一九八段

非特有扬名介①之称号，亦有称扬名目②者，见《政事要略》③一书。

第一九九段

横川④之行宣法印⑤云："唐土为吕之国，无律之音；和国为唯律之国，无吕之音。⑥"

---

① 扬名介之扬名，为名誉职之意（没有实权和俸禄）；介一般指地方次官。"扬名介"见于《源氏物语·夕颜》。扬名介实际上是住在京中的。
② 扬名目是国司中最下级的，也就是四等的官。
③ 《政事要略》是一条天皇时惟宗允亮撰，为辑录古来法制之事之书，共百三十卷。
④ 横川为比叡山延历寺境内之横川谷。
⑤ 行宣法印，生平不详，其名仅见于顿阿之《井蛙抄》卷六，但不能确定是否为同一人，他肯定是与兼好同时的人。
⑥ 音调之高低分为六律六吕，六吕（大吕、夹钟、仲吕、林钟、南吕、应钟）为柔和之阴调，与西方音乐之长音阶近似。六律（黄钟、太簇、姑洗、蕤宾、夷则、无射）为强劲之阳调，与西方之短音阶近似。日人认为平安朝后之声乐为律的旋律。

第二○○段

吴竹①叶细小,河竹②叶阔。御沟③附近者为河竹,仁寿殿④一带所植者则为吴竹。

第二○一段

退凡⑤与下乘⑥二卒都婆⑦,外者⑧为下乘,内者⑨为退

---

① 吴竹是淡竹或布袋竹之一种,于各地均有栽培,暖地山野有野生者,茎高四五丈,叶似苦竹,但略短。
② 河竹又叫若竹,《延喜式》又称川竹或小川竹,大概因多生在河边而有此名。产地与吴竹同,中国和阿萨姆也有。茎直立,长者八九丈,径可达一二尺,叶长三至五六寸。
③ 御沟主要指清凉殿东轩下之细流。沟中为清水,非污水。
④ 位于清凉殿之东,紫宸殿之北,原来是天皇日常起居之所,后用于内宴、相扑、蹴鞠等等。
⑤ 斥退凡人,不许凡人走近之意。
⑥ 下乘是下车、下马之意,到这里即使王侯也得下马或下车步行。
⑦ 卒都婆为梵语之音译,亦译窣都婆、素堵坡、苏偷婆等,意译则为方坟、圆冢、灵庙、高显处、大聚、功德聚等,通译为"塔"。其功用与形制因时间、地点而不同,或为埋遗骨(舍利)与经卷处,或为坟墓与灵地的标识,或大或小,或繁或简,从简单的木板墓志到多层宝塔,均以此名称之。
⑧ 外者是离佛堂较远的。
⑨ 内者是离佛堂较近的。

凡。①

第二〇二段

十月称神无月②，宣忌诸神事③，然此说不见于记载。亦无典籍可资援引。唯此月无诸社之祭，故有此名耶？亦有谓诸神此月集于太神宫④者，但此说亦无依据。

若此，则十月于伊势可特称为祭月，但亦无其例。十月间天子行幸诸社之例亦多⑤，唯多不吉之例耳⑥。

---

① 旧注引《西域记》："如来御世垂五十年，多居此山，广说妙法。频毗娑罗王，为闻法故，兴发人徒，自山麓至峰岑，跨谷凌岩，编石为阶，广十余步，长五六里，中路有小窣堵波，一谓下乘，即王至此徒行以进，谓退凡，即简凡夫，不令同往其山顶。"
② 有的注家从语源学上认为原文的"かみなづき"是"雷无月"或"神尝月"（かんなめづき）（因为农家把收下的稻子用来奉神），但论据都不充分，记之聊备一说。此外还有种种穿凿附会的说法，今略。
③ 既然这个月里神都不在，所以没有祭日。
④ 太神宫指伊势大神宫。在作者的时代，传说诸神都在伊势集会。但一般传说诸神为结缘而在出云的大社集会。
⑤ 若十月诸神不在，则行幸诸社似不合理。但自圆融天皇贞元三年（978）十月十日之贺茂行幸到后鸟羽天皇建久七年（1196）十月二十五日之石清水行幸的二百二十年间，十月行幸诸社的例子有二十二起。
⑥ 花山天皇宽和元年（985）十月十四日行幸松尾，结果他在位仅两年即让位出家。后三条天皇延久三年（1071）十月二十九日行幸日吉，结果他在第二年让位，又一年去世。以上的偶合被用来作为不吉的例子。

169

第二〇三段

敕勘①之所悬靫②之作法今已失传无知之者。主上不豫③与夫一般世间重大之骚乱不宁时,则向五条之天神④悬靫。

鞍马⑤有神社,名靫之明神⑥,此亦为之悬靫之神。看督长⑦所负之靫悬于该家,彼处即无人出入。此事中绝后,今世仅封门而已⑧。

第二〇四段

以笞责打犯人⑨时,系缚于拷器⑩之上而打之。拷器之样式,

---

① 敕勘是根据敕命依法定罪。
② 靫是箭筒,一般是木制或铜制,用时多背在背上。
③ 原文作御恼,即生病之意。
④ 五条之天神指京都市下京区五条松原之神社,奉祀的为大已贵神和少彦名神。这两个神据说是散布疾病之神,故须加以慰解以便消灾除病。
⑤ 鞍马在京都市市北三里,有鞍马寺。
⑥ 该神社在鞍马寺仁王门内坂路三丁之所,靫之明神为鞍马氏神,神社奉祀大已贵神。
⑦ 属检非违使厅,司缉拿犯人和看守监狱的下级官吏,穿红衣白裤,持白杖。
⑧ 一般是关上门后以布类系结之,结上书明不得擅自开启之类的字样并加封印。
⑨ 笞为古五刑(笞、杖、徒、流、死)之一,在刑罚中是最轻的。
⑩ 拷器形制不详,以今推之,当是木凳形、鞍马形或柱形。

绑缚之方法，今已无详知者矣。

第二〇五段

比叡山有所谓大师劝请之起请文①，始书之者为慈惠僧正②。起请文者，法曹③间无论及者。

古之圣代概无据起请文而行之政，近代此事始广为流传。又据法令，则水火无所谓秽物，唯容器始可以称秽物也④。

---

① 比叡山为日本天台宗之总本山，这里具体指比叡山之延历寺。所谓大师劝请之起请文（有的本子作起请），系指迎接宗祖传教大师之灵时所写的誓文。比如北条泰时在制订《贞永式目》（五十一条）时，后面便附以如下格式的起请文："若虽为一事存曲折令违者，梵天帝释、四大天王、总日本国六十余州大小神祇、殊伊豆箱根两所权现、三岛大明神、八幡大菩萨、天满大自在天神、部类眷属、神罚、冥罚、各可罢蒙者也，仍起请如件，贞永元年七月十日。"大师为朝廷授予高僧的称号。

② 慈惠僧正（912—985），法号良源，康保三年（966）为天台之第十八世座主，世人尊称为元三大师，天元四年（981）为大僧正，慈惠为朝廷所赐谥号。《古今著闻集》（卷十六）记其起请之词云："若令破戒无惭之僧，住持天台座主者，恐贻狐疑于先贤，方致狼藉于后辈者欤，因兹今对三宝，披陈此事。"

③ 法曹为执行法律之官员。

④ 水火本身被视为清净之物，即使在不洁之家也是如此，只有容器可以被视为不洁。作者这里可能是针对当时有关起请文的规定发表的不同看法。

第二〇六段

德大寺右大臣殿①任检非违使之别当时，于中门②行使厅评议③之际，官人章兼④之牛脱其车而入使厅，直上大理所坐之滨床⑤，反刍而卧。

此乃非常之怪事。众人皆曰应牵牛赴阴阳师处占之。父相国闻之，曰："牛不晓事，既有足，何处不可至耶？因此不意之事而取贱吏之微牛⑥，无是理也。"

乃将牛还其主人并更换所卧之席。后竟亦无任何凶事。"见怪

---

① 右大臣殿可能指藤原公孝，后自右大臣升任太政大臣，兼好好象在他的属下任过职。旧注认为"右大臣"可能原来是"故大臣"，后讹为"古大臣"，又讹为"右大臣"；也有的注家认为可能有人妄改为"右大臣"，因为习惯是不能用右大臣来称呼担任过太政大臣的人的。

② 外门与正堂间的门。

③ 即讨论官厅之公务。

④ 六位以下的下级官吏通称官人，章兼为中原章兼，生平未详。

⑤ 大理为别当仿唐之称呼。滨床为四座台（各方三尺高一尺）拼合后再铺以草垫与座席之坐。

⑥ 微牛意为微不足道的牛，不指牛身躯小。有的注家对此有如下的解释：牛一上别当之床就有了出仕的身份，这样它便不再属于贱吏，而应予没收了。

不怪，其怪自坏。"①此之谓也。

第二〇七段

修建龟山殿②前平整地基时，见一家有大蛇无数聚集其中。或谓系此地之神③，故以此事上奏。敕问处置之方，众对曰："自昔以来此地即为蛇所有，若竟掘而驱之，恐有不便。"

此大臣④对曰："苟为王土之虫，则修建皇居时能作何祟耶？鬼神无邪，当不见怪也⑤。唯扫数掘而舍之可也。"

遂毁冢而驱蛇入大井川，后竟亦无它。

---

① 旧注引《千金方·黄帝杂忌咒》"见怪不怪，其怪自坏"，又引《小止观》："凡见一切外诸恶魔境，悉知虚诳，不忧不怖，不取不舍，忘计分别，息心自然，彼自当灭。"按沼波氏之说，《千金方》只有《黄帝杂忌法》并无《黄帝杂忌咒》，而且其中只有表达类似思想的话，并没有正文所引的文字。按作者这里只是随时记下自己的思想，可不必在字句上作过多的纠缠。

② 参见第四三页注④。

③ 我国和日本的民间迷信中都以蛇为神物，白蛇青蛇的传说即是一例。又我国民间俗称狐、黄（鼬）、白（蛇）、柳（刺猬）、灰（老鼠）为五圣，祭不当时可作祟于人。

④ 大臣即前段之太政大臣实基公。他是建长六年（1254）致仕的，这时可能正担任太政大臣。

⑤ 他的意思是说，鬼神是不干坏事的，所以我们合理地把蛇赶跑也不会触怒它们。

173

第二〇八段

系经文类物之纽时,上下相交若系袄状①,纽端则自两带交叉处横穿而出,此常见之法也。华严院弘舜僧正②遇此结法即解而重系之,曰:"此近日之系法也。正当之系法不过径缠绕之,然后将纽端自上而下塞入即可。"

僧正年高多识之人,故深谙此类故实也。

第二〇九段

与人争田者败诉而气恼,因遣人刈取彼田中作物。

受命诸人且行且刈沿途田中作物。或谓之曰:"此非所争之田,何为若此耶?"

刈者曰:"此田固无刈取之理,然吾侪此行系为无理之事者,故无处不可刈取也!"

如此歪理,闻之亦殊为有趣也!

---

① 原文"袄",指为了挂起和服宽大的袖子而把袖口系起斜跨肩部而在背后交叉系起的带子。

② 华严院为华严宗总本山奈良东大寺之别称,寺为圣武天皇所建,以大佛出名。弘舜僧正,兼好同时代人,为东寺之一长者,曾主持后七日法事,任阿阇梨,其名又见于《和论语》:"弘舜,宇多源氏也,道德兼才人也,号华严院僧正。"

第二一〇段

或谓唤子鸟①只为春季之鸟②，然该鸟究为何等之鸟，书中从无明确之记载。某真言书③中有云，唤子鸟鸣时行招魂之法④，法有法式。此鸟即鵺⑤也。《万叶集》之长歌⑥中则续于"霞光满照之悠悠春日……"等之后，意则鵺鸟亦与唤子鸟形状类似故。

第二一一段

万事皆不可恃也。

---

① 唤子鸟又叫呼子鸟、郭公鸟、鸤鸠、布谷等等。据《言海》："……栖于深山，形似鹞，大如鸠，全身墨文，灰黑相杂，腹淡黄，有白黑之文，尾灰赤色，有白点，咀尖，趾前后各二，尖而黑，声如唤物……"在《古今和歌集》中，唤子鸟和百千鸟、稻负鸟被称为别有传授的三鸟。

② 《八云御抄》(三下)："唤子鸟……春物也。"意为春季之鸣禽。日本古体诗（连歌、俳谐）中必有表现季节的词语，谓之"季语"。这里所说的春季之鸟也有这个意思。

③ 大概指佛教真言宗的作品，具体不详。

④ 原指招死者之魂的秘法，有的注家认为这里是要把生者之魂招唤出来。还有人认为这里的意思是说人们听了这种鸟在夜里凄厉的鸣声有失魂之感。

⑤ 鵺，枭类，世以为怪鸟，又因其鸣声如小儿，故人以为不祥；栖深山中，大如鸠，黄赤色，有黑斑，喙上黑下黄，脚黄赤色，昼伏夜出，故以鵺为名。

⑥ 见《万叶集·幸赞岐国安益郡之时军王见山作歌》(卷一)。

愚人则以深为信赖故而致怨怒。

有势，不可恃也，以强者先灭故[1]；财多，不可恃也，以瞬间易散故；有才，不可恃也，孔子亦有不遇之时[2]；有德，不可恃也，颜回亦曾遭不幸[3]；君之宠，不可恃也，忽焉而有诛杀之举[4]；奴仆驯顺，不可恃也，有叛逃之事；人之志，不可恃也，志必有变；所约之事，不可恃也，守信者少故。

己身与他人既皆不可恃，则是时固可喜，非时亦无怨。左右广则无障，前后远则不塞。狭则摧而破之。用心于穷蹙之处则乏舒泰，逆物而争则伤。宽而柔则不损一毛。

人为天地之灵，天地无限，人性与之复何异！宽大无极则不障于喜怒，亦不为外物所烦扰也。

---

[1] 刚强者易折故先灭，齿亡而舌存即此理也，本段后面的话"宽而柔则不损一毛"可以作此句的注脚。

[2] 旧注引《庄子》：孔子"再逐于鲁""穷于齐""伐树于宋""围于陈蔡""不容身于天下"。又《史记·儒林传》："仲尼干七十余君无所遇。"等等。

[3] 《论语·雍也》："孔子对曰：'有颜回者，好学，不迁怒，不贰过。不幸短命死矣。'"颜回是孔子最喜爱的弟子。

[4] 我国俗语有"伴君如伴虎"之说，可为君宠不可恃之说下一注解。我国封建王朝的开国君主大多诛杀功臣，这也正是《史记·淮阴侯列传》里韩信引的一句俗语："狡兔死，良狗亨（烹）；高鸟尽，良弓藏；敌国破，谋臣亡。"

第二一二段

秋月者，至佳物也①。月固无时不如此，然终以秋月为胜，而不知此区分者，可谓不解风雅之甚者也。

第二一三段

置火于御前炉中时，无有用火箸挟炭火者。应置火于陶器而径直移入。如此则应注意堆置之法，勿使炭火滚落也。八幡御幸时②，供奉之人着净衣③，以手加炭。

某娴于故事者见之，曰："着白衣之日，虽用火箸无碍也。"

---

① 我国古人咏秋诗多连带及月，如宋谢惠连《秋怀诗》："如何乘（又作辛）苦心，矧复值秋晏。皎皎天月明，奕奕河宿烂。"左思《杂诗》："秋风何冽冽，白露为朝霜……明月出云（又作灵）崖，皦皦（又作皎皎）流素光。"

② 指天皇赴石清水八幡参拜事，但哪个天皇，何时参拜，均不可考。

③ 净衣为白色的狩衣，多于神事时用。

第二一四段

想夫恋①之乐非因女恋男而得名。想夫恋原称相府莲,以音同而有此名。

晋王俭②为大臣时家喜植莲以为乐,因称大臣为莲府。

回忽③又称回鹘,所谓回鹘④国者,夷之强国。该夷降汉后来朝而奏本国之乐,即此乐也。

第二一五段

平宣时朝臣⑤老后忆旧事,曰:"最明寺入道⑥某夜遣使招

---

① 想夫恋,雅乐曲名,又作想夫怜、相夫怜。原为唐乐,有曲无舞。
② 王俭(452—489),字仲宝,入宋官秘书丞,仕齐迁尚书左仆射,领吏部,为制订朝仪,谥文宪。据《南史·庾元之传》:"王俭以庾杲之为长史,萧缅与俭书曰:'盛府元僚,实难其选,庾景行(杲之字)泛绿水,依芙蓉,何其丽也。'时人以俭府为莲花池。"
③ 回忽,也是雅乐曲名,平调,无舞。
④ 回鹘,分布于新疆、蒙古、甘肃一带之民族,又叫回纥,今维吾尔族,其名称均同音之转。
⑤ 平宣时朝臣即北条宣时(1238—1323),号大佛陆奥守(从五位下),北条时政四代孙,武藏守朝直之第三子。
⑥ 最明寺入道为北条时赖出家后的称呼,参见第一五五页注③。

余，余应之曰：'即往！'然以无直垂①，正踌躇间，使者复来，传语云：'无直垂故耶？夜间虽无正服何碍，祈速来！'遂着旧直垂若家中常服者以往，则入道已取铫子②并陶杯以待，谓余曰：'独酌此酒，颇感寂寞，故遣人相招，唯无酒肴。因家人已眠，唤起不便，君若有适当佐酒物，望力致之！'

"余乃燃纸烛③，到处寻索，终于厨中架上小陶器中觅得豆酱少许，持此谓入道曰：'仅得此物。'入道曰：'此足矣！'遂怡然数为酬献，甚有兴也。盖当时之风尚如此。"

第二一六段

最明寺入道赴鹤冈之神社④参拜途中，先遣使致意于足利左马入道⑤处而访问之。时左马入道款客之次第，初献⑥为干鲍，再献为虾，三献为搔饼⑦，仅此而已。

---

① 直垂为当时武士之常礼服，方领，无纹，有袖括（袖口的一种装饰），最初为平民之常服。
② 铫子是金属制酒器，长柄，左右各有突出之口用以注酒。
③ 以木片或卷纸涂油脂以取火之物，叫作纸烛。
④ 指镰仓之鹤冈八幡宫，它在镰仓幕府时期是最主要的神社。
⑤ 足利左马入道是左马头足利义氏（1189—1254）出家后的称呼。他是义兼之子，北条泰时之婿，经武藏守陆奥守而至左马头，仁治二年（1241）出家，号正义。
⑥ 献即敬酒。
⑦ 搔饼，犹今之荻饼、牡丹饼、荞麦饼之类，要之是点心一类的食品。

在座者，东道主夫妇①以及隆弁僧正②，宴已，最明寺入道曰："年年拜领之足利染物③，尚铭记于心。"

左马入道答曰："已备办矣！"遂出各色染物三十事，即座令侍女裁为小袖便服，于最明寺入道归后送致之。

此当时亲见而近时犹在世之人所云者。

第二一七段

某富翁有云："人宜弃置万物而致力于利得。贫而生，有何益？唯富，始得为人也。欲求利得，须先修其心术，而所谓心术者无他，须持人间常住之思，万不可有无常之观。此乃第一用心之处。

"次则不可满足万事之用④。夫人生于世，自身与他人所欲者盖无量也。若思从欲而遂志，则纵有百万之钱，亦不得暂住。欲无止境而财有尽时，以有限之财而从无穷之欲，岂可得耶？

"苟有所欲而萌于心，宜视之为亡身恶念，当戒慎恐惧，虽小用亦不得为之。其次，若视金钱为奴而用之，则贫苦长不可免。故于金钱，当视之若君、若神而敬畏之，不得任己意而用之。再

---

① 东道主夫妇即足利义氏夫妇。
② 隆弁僧正（1208—1283）是大纳言四条隆房之子，当时任鹤冈八幡宫别当，建长四年（1252）任权僧正。
③ 当时的足利氏领地在今栃木县足利市，这里自古染织业便十分发达。
④ 这是说不能指望用金钱来满足一切欲望。

次，虽遇羞耻之事，不得怨怒。复次，宜正直而坚守约束。守此义而求利者，则富之来也如火之就乾，水之就下①。欲积金钱而无尽，不得为宴饮声色②之事，不饰居所，纵所愿不遂而心常安乐也。"

抑人之求财，为成就所愿故也；以金钱为宝者，能遂所愿故也。有愿而不能遂，有钱而不用，则与贫者全然无异，有何可乐耶？

准此，则此言仅为绝人之望而不可忧贫之意也。与其遂欲而以为乐，何若自始即无财也。夫病痛疽者以水洗之而乐，然又何若无病耶？至此可知并无贫富之分。究竟与理即等③，大欲似无欲也。

第二一八段

狐者，啮人之物也。有舍人宿堀川殿④，其足即为狐所啮。仁

---

① 旧注引《易·乾卦》："水流湿，火就燥。"又《孟子·告子上》："犹水之就下也。"
② 《礼·月令》："止声色，毋或进。"疏："声色者，歌舞华丽之事……既止声色，故嫔房不得进御侍夕也。"故声色泛指音乐、歌舞、女色。
③ 据天台宗之说，修道证悟分六段：理即、名字即、劝行即、相似即、分身即、究竟即，称六即。理即最下，究竟即最上。所谓理即，就是说我们在先天都具有佛性，但并不自知，故为尚未开悟之凡夫。究竟即则能观照真如，大悟一切法，达到至高之境界。二者虽有高下之分，但从同具佛性、可以成佛的观点来看，它们还是相同的。
④ 堀川殿为太政大臣久我基具之官邸，参见第八〇页注③。

和寺①有下法师②，夜间过本寺③之前时为三狐所扑并为所啮。法师拔刃自卫时，斫其二而杀其一，二狐乃遁去。法师为狐啮伤多处，然后亦无事。

第二一九段

四条黄门④示曰："龙秋⑤于音乐之道，乃甚为可敬之人物。先日曾来谓余曰：'愿不顾僭越，一陈甚为浅薄之见。余内心自忖，横笛⑥五之孔略有余所不解之处。试言其故：干之孔为平

---

① 仁和寺，参见第四四页注①。
② 下法师是身份低的法师，实际上和仆役差不多。
③ 本寺可能指正殿；一说指仁和寺以北的田野。
④ 黄门为中纳言之唐名。四条黄门指权中纳言藤原隆资（1293—1352），南朝忠臣。隆资家号四条，曾任检非违使。元弘初，高时反时赴笠置，笠置陷后为僧。
⑤ 著名笙大家丰原龙秋（1291—约1364），曾为后醍醐帝、后光严帝之师范。
⑥ 横笛或称龙笛，为唐乐专用之乐器，中世则用于日本催马乐、朗咏等声乐之伴奏乐器，长一尺三寸二分余，有七孔，如下图所示。

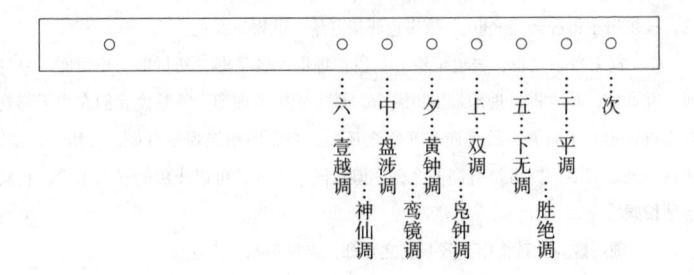

六	中	夕	上	五	干	次
壹越调	盘涉调	黄钟调	双调	下无调	平调	胜绝调
神仙调	鸾镜调	鳬钟调				

调[1],五之孔为下无调,其间隔一胜绝调。上之孔为双调,次隔凫钟调,而夕之孔则为黄钟调。其次隔一鸾镜,中之孔为盘涉调,中与六之间为神仙调。如此则孔与孔之间各省一律,仅五之孔与上之孔之间无调,而孔间距离与他孔相等,故其声不快。因而吹此孔时,笛须稍向外移[2],外移不当,即与其他乐器不合。善吹五之孔者不多也。'此乃至理名言,诚有味也。所谓先达而畏后生[3],即此事也。"

他日,景茂[4]云:"笙之诸调皆调和,第吹之即可。唯吹笛时,气息有协调之功,师匠口传,每孔皆有性骨[5],应用心吹者,不限五之孔一孔,只一味外移音调亦未必和谐。吹之不当,每孔皆出不快之音。名手吹之则无孔不合。律吕不合,乃人之咎,非乐器之失也。"

---

① 平调为日本十二律之一。日本之十二律为壹越、断金、平调、胜绝、下无、双调、凫钟、黄钟、鸾镜、盘涉、神仙、上无。
② 稍向外移,有的注家认为指按五之孔的手指应略偏向上之孔。
③ 旧注引《论语·子罕》:"后生可畏,焉知来者之不如今也!"
④ 指著名笛师大神景茂(1292—1376)。大神氏后分山井、后藤、藤井三姓,景茂为山井之祖,曾任筑前守(从四位下)。次子景光继承父业。
⑤ 每孔都有自己特殊的吹法,这只能在实践中亲自体会。

第二二〇段

或曰:"边土诸事皆卑俗无味,唯天王寺①之舞乐②不劣于都中。"

天王寺之伶人③曰:"本寺之乐甚合律吕之图④,乐器音调均甚调和,亦胜他处。其故:盖太子⑤时律吕之图于今尚存而以之为圭臬也。所谓六时堂⑥前之钟即是也。其声为黄钟调之正中⑦。其音调因寒暑而有高低之分,故以二月涅槃会⑧讫圣灵会⑨之间为准。此乃秘传之事也。有此一调为准,他音悉可据以调之也。"

概言之,钟声俱应为黄钟调。此系无常之调,祇园精舍无常

---

① 今大阪市南区天王寺町之四天王寺为圣德太子创建。寺中有多闻天、持国天、增长天、广目天四天王像。
② 舞乐是伴有舞蹈的古乐,唐代从我国传入。
③ 伶人,这里指乐人。
④ 据《辞海》:"古正乐律之器。黄帝时伶伦截竹为筒,以筒之长短,分别声音之清浊、高下,乐器之音即依以为准则,分阴阳各六,阳为律,阴为吕,合称十二律。"这种校音之器犹今日之定音笛,日人称图竹。此处当泛指标准之音调。
⑤ 太子即圣德太子。
⑥ 六时堂为天王寺内昼夜六时(晨朝、日中、日没、初夜、中夜、后夜)修行、念佛、诵经之堂,为寺内最大建筑物。堂前原有钟楼,今已不存。
⑦ 黄钟调为十二律之一。正中者正中之音也。
⑧ 二月十五日释迦涅槃(去世)日之法会。
⑨ 二月二十二日圣德太子忌日之法会,这一天天王寺有舞乐。

院①之钟声也。据云西园寺②之钟欲铸为黄钟调，然改铸多次而终不成，而其合于黄钟调之钟，系自边远之地求得者。

法金刚院③之钟声亦为黄钟调。

第二二一段

"建治弘安之时④，祭日⑤放免⑥之饰物，以异样之绀布⑦四五端⑧制为马形，尾与鬃毛并皆灯心草⑨为之，附着于蛛网花纹水干绸⑩狩衣之上，此可谓颇得古歌之遗意。我辈常见彼等如此通过，甚感有趣也。"

---

① 祇园精舍为公元前五百年左右须达长者在中天竺舍卫城为释迦所建用来说法者。无常院在精舍境内西北角。

② 无常院系西园寺为藤原公经在北山邸内，即上京区衣笠冈所建之寺。

③ 法金刚院为后嵯峨天皇在龟山殿以北（今天龙寺地）所建之寺。有的本子是净金刚院。

④ 均为后宇多天皇之年号：建治共四年（1275—1278），弘安共十一年（1278—1288）。

⑤ 祭日指贺茂祭。

⑥ 放免系检非违使厅之下级官吏，是罪人放免（释放）后于厅中留用者，故称放免。放免负责搜查罪犯等事。在祭日中负责护卫游行行列。

⑦ 绀布是一种青紫色的布。

⑧ 端是布的长度单位，或写作段或反，以鲸尺（14.92英寸）计，每端在二丈六尺到二丈八尺之间，宽九寸，一般可用来做够一个人穿的衣服。

⑨ 灯心草即蔺，多年生草本，茎细长，中有白髓，可用以织席或作灯心。

⑩ 水干绸是一种绢类，缩水后晒干而成，不用糊。

以上为诸年老之道志①于今犹乐道之事也。

然近时饰物逐年愈趋华奢,甚乃加多种重物于身,两袖且需人扶持,本人竟亦不持矛②,行时且呼吸困难,望之殊令人不快!

第二二二段

竹谷③之乘愿房④赴东二条院⑤处时,人间曰:"为亡者之祈福,何者利益最大?"

答曰:"光明真言⑥。宝箧印陀罗尼⑦。"

众弟子闻之,曰:"何以作如是答?念佛⑧乃最胜事,何以

---

① 大学寮中明法道(习法律)者,被任用为检非违使厅之"志",称道志。
② 持矛是原来的规定,因为他们要负弹压之责。
③ 竹谷即今京都伏见区醍醐之地名,在清水寺东南。
④ 乘愿房(1168—1251),名宗源,原在仁和寺,后转天台宗,为法然上人之弟子,隐于竹谷。
⑤ 东二条院(1232—1304),太政大臣西园寺实氏之女,名公子,康元二年(1257)为后深草天皇之中宫,两年后号东二条院。
⑥ 光明真言是真言陀罗尼之一种,即直写梵文原音的陀罗尼。按陀罗尼为梵语之译音,意为总持、能持,就是说,能在一字之中总摄无量之教文。真言陀罗尼出《不空羂索经》,真言原文(写音)为"唵阿谟迦毗卢遮那摩诃悔怛罗摩尼钵昙摩妞婆罗波罗波利多耶吽",经文有云:"身坏命终,堕诸恶道,以此真言加持土砂一百八遍,尸陀林中,散亡死骸上……神通威力,加持土砂之力,应时即得光明及身,除诸罪报,舍所苦身,往于西方安乐国土。"
⑦ 宝箧印陀罗尼也是真言陀罗尼之一种。据该经说,于亡者塔前一心唱此陀罗尼,其功力可使堕地狱者免于火界。
⑧ 念佛参见第三五页注②。

不言？"

答曰："就我宗[1]而言，确应作如是答，然称名为亡者祈福而得巨益之说，余未见之于经文，设有人追询所本，将何以对？而于本经有确据者，是此真言与陀罗尼也。"

第二二三段

田鹤之大殿[2]之称，以童时名田鹤君故，谓因饲鹤故，非也。

第二二四段

阴阳师有宗入道[3]自镰仓上京来访，方入时即谏余曰："此庭徒广而无当，无味，甚不佳。识道者应从事种植，可悉作田，仅留一狭路可也。"

虽确属狭小之地，然废弃之，是为无益之事。宜种植食物[4]与

---

[1] 我宗当指净土宗。

[2] 田鹤二字有的本子单写一鹤字。田鹤之大殿指九条内大臣基家（1203—1280），后京极摄政良经之子，继父业为和歌名家，曾受命撰《续古今集》。大殿系对有地位的贵族的尊称。

[3] 阴阳师是按天文、历数、方位等等占卜吉凶的术士，日本古时属中务省之阴阳寮。有宗入道，指安倍有宗，具体不详。旧注安倍晴明之子孙，阴阳头正三位有重之子。但有重于本书作者死后始生，故此处之有宗当系另一人。

[4] 此处当指瓜果、蔬菜之类。

药草之类。

第二二五段

以下为多久资[①]所述之事。

通宪入道[②]选舞式之有兴味者,教名为矶之禅师[③]之女而使之舞。舞者着白色水干绸狩衣,带鞘卷[④],戴乌帽[⑤],故称男舞。

禅师之女名静[⑥]者继承此艺,此即白拍子[⑦]之根源也。所歌者则为佛神之由来。

其后源光行[⑧]作歌颇多,亦有后鸟羽院之作,即以之教龟菊[⑨]

[①] 多久资,有的本子写作多久助(1214—1295)。神乐与高丽乐之舞人,久节之子。

[②] 通宪入道指藤原通宪(?—1159),实兼之子,历仕鸟羽、崇德、近卫、后白河四朝,官至少纳言,以博学多才著称,多藏书,削发后名圆空,又改名信西。保元之乱后权势大振,但平治之乱中因信赖、义朝之反而自杀,一说为信赖、义朝之兵所杀。

[③] 禅师,有因同音而写为前司者,系出自赞岐国小矶之京都舞妓。

[④] 鞘卷是无锷的短刀,有下垂的长穗卷在鞘外,系于腰间。

[⑤] 即把头发塞入乌帽,装作男子的样子。

[⑥] 静是京都舞妓,源义经之妻,其他不详。

[⑦] 白拍子是平安末期到镰仓时代流行的舞曲,作此舞的舞妓也这么称呼。

[⑧] 源光行(1163—1244),丰前守光季之子,任后鸟羽上皇之北面武士,通和歌,镰仓幕府时任正五位河内守,其和歌见于《千载集》以下之敕撰集。他和他的儿子亲行都是《源氏物语》的著名研究家。河内本的《源氏物语》即以他的校勘为依据。

[⑨] 龟菊为京中之白拍子,见宠于后鸟羽上皇。

者也。

第二二六段

后鸟羽院在位时①有信浓之前司行长②其人，负稽古之誉③，曾奉召参与乐府④之讨论，而于七德舞⑤忘其二，故有五德之冠者⑥之异名。彼心甚憾之，乃弃学为僧。慈镇和尚⑦者，凡擅一艺者虽仆夫亦延揽并善视之，故此信浓入道⑧亦为和尚所抚养照料也。

---

① 公元一一八三至一一九八年。
② 前司意为前之国司，则行长曾为信浓之国司（信浓守），传记不详。有中山行隆之子，任下野守行长者，原为月轮关白家之家司，有文才，可能即此人。一说指藤原行长，后鸟羽天皇之伶人也。
③ 稽古之誉指素称有学问，特别是精于汉诗汉文。
④ 乐府为汉古诗之可入乐者，此处指白乐天《白氏文集》中之新乐府。
⑤ 七德舞即秦王破阵乐。唐太宗为秦王时因征讨刘武周有功而在军中作此乐。及即位，每宴必奏之，后更改编为舞，以百二十八人披银甲执戟往来作疾徐击刺之象。后太宗又命魏征、虞世南作歌词，名八德舞，白乐天见此舞后曾以乐府记之。武有七德：禁暴、戢兵、保大、定功、安民、和众、丰财，语出《左传·宣十二》。
⑥ 冠者原指成年人，少年至二十束发加冠，称冠者。《论语·先进》："冠者五六人。"在日本则又指六位无官之人，此处当指后者。
⑦ 慈镇和尚见第五六页注⑦。
⑧ 信浓之前司后因削发为僧，故称入道。

此行长入道作平家物语以授盲人名生佛①者使之说书，故于山门②之事书之特详。

又以于九郎判官③之事知之甚悉，亦载之于书。蒲冠者④之事知之不详，故遗漏亦多。

生佛东国之人，其于武士之事、弓马之艺，询之于武士而使行长书之。彼生佛本来之声，今琵琶法师犹能模仿之也。

第二二七段

《六时礼赞》⑤者法然上人⑥弟子名安乐⑦之僧集经文而作，供修

---

① 生佛一说名绫小路资时，为慈镇和尚之弟子，壮年时盲目，任比叡山之检校（盲人官名），为声明（唱经）之妙手，法名性佛；一说俗名源资时，仕于后白河院。他所说的《平家物语》，主要记述十二世纪源氏和平氏两个武士集团之间的斗争。物语的原作者在学术界尚无最后定论。

② 山门指比叡山延历寺。因慈镇为该寺座主，故于山门之事知之最详。

③ 九郎判官指源义经（1159—1189），义朝之第九男，因任检非违使之尉（判官），故称九郎判官。

④ 蒲冠者指源范赖（？—1193），义朝之第六男，因在远州蒲生之御厨长大，故有此称。

⑤ 《六时礼赞》为欲往生阿弥陀佛之净土即西方极乐世界者于昼夜六时（参见第一八四页注⑥）诵习之礼拜赞叹之文，唐善导大师作的最有名。这里的当系另外一种。

⑥ 法然上人，参见第三五页注①。

⑦ 安乐虽广传念佛之法，但因触怒后鸟羽院，而在承元元年（1207）与同门之住莲一道被杀害。

行时诵习者也。此后太秦①有僧名善观房者，附乐谱而以为声明②。此一念念佛③之嚆矢也。诵习之事始于后嵯峨院④之御代。《法事赞》⑤亦始自善观房。

第二二八段

千本之释迦念佛⑥文永⑦之际始于如轮上人⑧。

---

① 太秦即京都太秦之广隆寺，为山村第一真言宗古刹，圣德太子所建。
② 声明原为印度五明之一，为研究音韵、文法之学，后转而指梵呗，为印度声乐之一种。用有节奏的美妙之声歌唱经文为声明。
③ 一念念佛系认为一念佛名即可往生之流派，与多念派相对。
④ 后嵯峨院是日本第八十八代的后嵯峨天皇（1242—1246在位）让位后的称呼。
⑤ 《法事赞》，唐善导大师著，两卷，说净土法门。此处谓善观房为此赞作谱以供唱诵。
⑥ 千本为京都上京区北野神社东北之地名，该处有大报恩寺，通称千本释迦堂，每年二月九日至十五日（一说二十五日）举行大念佛，称释迦念佛。
⑦ 文永是龟山与后宇多天皇年号（1264—1275）。
⑧ 如轮上人是大报恩寺长老，摄政内大臣藤原师家（1172—1238）之子，名澄空。

第二二九段

据云良工①用稍钝之刀。妙观②之刀即不甚利。

第二三〇段

五条之内里③有妖物。藤大纳言殿④语余云,殿上人等于黑户⑤弈棋时,有揭御帘而望者。询为何人而望彼处,则见狐人坐而窥。众人骚然,大呼:"狐也!"狐随亦慌忙遁去。

此未练之狐⑥,欲化为人而未成者也。

---

① 良工指技艺高妙的雕刻师、细木匠之类。
② 妙观是大阪府摄津胜尾寺之僧,光仁天皇宝龟八年(777)(一说宝龟十一年)以雕刻同寺之观音像而知名,事见《元亨释书》。有的注家认为他可能是兼好的同时代人,即建磐城(福岛县)如来寺的妙观。
③ 五条之内里是龟山天皇之皇居,在五条之北、大宫之东,文永七年(1270)毁于火。
④ 藤大纳言殿,一说指藤原为氏(1222—1286),权大纳言,法名觉阿。歌人,撰有《续拾遗集》;一说指为氏之子为世(1250—1338),撰有《新后撰集》与《续千载集》。
⑤ 黑户参见第一五〇页注①。
⑥ 指迷信传说中尚未成精变人之狐。日本民间也有大量有关狐狸成精作祟于人的传说。

第二三一段

园别当入道①，无双之庖丁也。某人处有出极鲜美之鲤者，众皆欲一觇别当入道之烹饪妙技，而难于启齿，方踌躇间，入道已察众意，乃曰："近顷余连续切鲤已百日，今日当不可缺。祈枉驾而为君等切之。"遂当众切之。盖此举能察众意，及时而又富风趣，故人皆心感之。

某人以此事语之北山太政入道殿②，入道曰："此事余实觉可厌。何不云：'既无能切鲤者，曷来观余一试！'则更佳也。何必切百日之鲤云云耶！"此言颇有味。此某人为余言者，殊有趣也。

概言之，自作风雅而有兴致，未若无兴致而泰然自处。若款客等事，寻良机而为之固佳，然无事而淡然奉客则更佳也。

以物予人时，不举任何理由而唯曰"以此奉赠"，此真诚之本意也。若作惋惜状而似为人所强索，或托言赌博之负方而与之，实不堪也。

---

① 园别当入道即正三位参议检非违使别当藤原基氏（1211—1282），权中纳言基家之子，后任中纳言，天福二年（1234）出家。
② 北山太政入道殿，参见第九八页注②。

第二三二段

凡人皆应为无智无能者。某人子，貌颇不恶，于父前与人谈话时，征引史书文字[1]若甚聪慧。然于尊者之前，终以不言之为佳也。

又于某人处，欲使琵琶法师说书[2]，然取琵琶时落一柱[3]，乃曰[4]："可制一柱附之。"时座上有一风度翩翩之男子曰："有旧勺之柄否？"望之，则其人蓄长爪[5]，可知为善奏琵琶者。盲法师之琵琶何需勺柄以为柱耶。得非欲示人以通晓此道耶，亦可笑也。

然又有人曰："勺柄为桧物木[6]所制，非佳木也。"年少之人虽小事亦可借以知其优劣也。

---

[1] 旧注认为此处指中国之古典史书如《左传》《国语》《史记》《汉书》等等。
[2] 即以琵琶伴奏说源平两家斗争的故事，略如我国之鼓书、琴书、评弹之类。
[3] 承弦以定音之物，我国俗称音品子、档子。
[4] 言者似是法师。然有的注家认为是主人对仆从的话，也有人认为是座上某客人的话。
[5] 蓄长爪弹奏时可不用拨子。
[6] 用桧木薄板所做的盒子叫桧物，这种薄板多用次等木料，故桧物木即次等的桧木。

第二三三段

凡事欲求其无过，莫若处之以诚①。与人交，未若恭之敬之且寡言也②。男女老幼皆以此等人为佳，至若年少且姿容秀美者，如言谈得体，则更使人难忘而倾倒不已。

众人之所厌者，在于自作熟知之态，以能人自命，洋洋自得且旁若无人也。

第二三四段

人欲问某事，受问者若以为对方虽问此事，但未必确实不知，乃以径直明言之为不智，遂有意迷惑对方而作不着边际之回答，是不可也。问者虽知而知之不详，故进而问之，容或有之也。确实不知者亦何能无有？径直明言之，必予对方以稳重之感也。

他人未闻而己已知之事，于信函中但云"某某之事得无过甚乎？"等等，乃至受信者复函相询："究系何事？"此等事实令人不快！

---

① 比较英谚：诚实为最善策（Honesty is the best policy）。
② 《论语·公冶长》："子曰：'晏平仲善与人交，久而敬之。'"又《易·系辞》："吉人之辞寡，躁人之辞多。"

世间已成旧闻之事固亦有不知者，苟明告之，岂恶事耶？

涉世不深者固恒有此等事也。

第二三五段①

无事之人不得擅入有主之家。

无主之所，道上行人得以滥入，若狐枭之类，不阻于人气②，亦得堂堂入栖；树精之类亦得现其怪形也。

且镜以无色无形故，诸物之形皆映现之，若镜有色与形，则不能映物矣。

唯虚空最能容物，我等心中诸念随意浮现，是岂非无心之故耶？设若心中有主，则诸事即不得入矣。

---

① 古注认为本段与孟子的求放心之说同义。实际上，作者这里谈虚无之用，乃是老庄而不是佛教的思想。佛教讲万法由心起，境由心造，根本不承认外界事物的客观存在。至于说以心映现外物，首先就得承认外界的存在，这又有点朴素唯物论的观点了。如果把作者的这一观点同他的变化观点结合起来看（当然要排除他作为僧侣的说教和具有时代局限性的若干看法），可以看到他的思想在当时的进步意义。

② 凡有人居住之处，即有人气，据迷信的说法，鬼怪对人气一般是回避的。

第二三六段

丹波有地名出云①，有大社②迁此，营造雄伟，为名志太③者之治所。秋际，此志太约圣海上人④与其他人众，曰："请光临出云之神社，当款以萩饼⑤焉。"遂引之而至。

众人于诸物无不参拜，起甚深之信念。

社前狮子与狛犬⑥背相对，后向而立。上人观此甚为感动，含泪曰："噫！善哉！此狮子等之立状甚为珍奇，且必有深故。诸君何以不见此殊胜之事，至可憾也！"众人亦觉不解，皆曰："确与他处不同，将以此事为乡土胜事，归告都人也。"

上人犹欲深究此事之由，乃呼道貌岸然且似通晓一切之神官询之，曰："贵社之狮子如此安置必有所本，愿问其故。"

神官答曰："其事如此，此实顽童所为，诚非理之事也⑦。"

---

① 丹波国大部分属京都府，出云是这里桑田郡千岁村中的地名。

② 出云之大社为杵筑神社，祀大国主尊。

③ 志太可能是兼好的友人，具体不详。

④ 不详。

⑤ 一说即牡丹饼，一说是荞麦面制作的乡土食物。据说今日长野、富山、秋田等县仍有这种名称的点心。

⑥ 狛犬是一种凶猛的高丽犬，据信有驱鬼的作用。天皇座前或神社前，多有狮子与狛犬之像对峙，狮子居左，狛犬居右。《类聚杂要》之夹注："左狮子（色黄，开口），右胡摩犬（色白，不开口，有角）。"

⑦ 胡闹的、岂有此理之事。

遂进前使狮子狛犬回复原来正面相对之状。如此则上人感激之泪亦成徒劳矣。

第二三七段

置物于柳筥①之上，视物之不同而有纵横之置法。

卷物等纵置，自木隙穿纸捻而系之。砚亦纵置，笔则以不转动为佳。此三条右大臣殿②所云。

然勘解由小路家③之诸善书者，则决无纵置之事而必横置之。

---

① 柳筥，据加藤贞次郎之《有职故实辞典》："五分宽之柳木若干削成三角（横切面——译者），以生丝连缀之。后世亦有用纸捻连缀之者，亦有以桧木代之者。木之数目吉事奇数，凶事偶数。盖下垫有木条，后世此木条加高形成桌腿，它就成了可以放经卷、帽子等物的台子，此物称やないぼ，亦写成柳叶以区别于筥……柳筥原为装物之具，后世则专用其盖若台然。"这里所说的柳筥，实际上指前者，但依然读作"やないばこ"。柳叶（やないば）当亦为"やないばこ"之略。

② 此人不详，按作者当时三条家无担任右大臣者。

③ 藤原行成子孙之家，称世尊寺家，为善书之家。藤原行成为平安时期书法家，任权大纳言，与藤原佐理、小野道风并称三迹。

第二三八段

御随身近友①之自赞记为七条，皆有关马艺之小事。余亦仿其例，书自赞七事。

一、余与众多之人观花，其时最胜光院②一带有男子策马而驰。余见之，曰："如再策马而驰，马将仆而男子亦将坠地，曷暂观之！"乃止步而观，时男子复走马，而勒马之际，男子引缰而马仆，骑者亦滚入泥土之中。余言之而中，众皆感服焉。

一、今上③为太子时居万里小路殿④。时余因事赴堀川大纳言⑤供奉之所，大纳言适翻阅《论语》之四、五、六卷，因谓余

---

① 御随身原指近卫府之下级武官，亦可因敕命而为上皇、摄政、关白、大臣、大中将外出时之护卫。近友其人不详。一说系堀河天皇时有名的随身，马术名人；一说名中原近友，见于《富家语谈》，也是马术名人。

② 后白河天皇之中宫（高仓天皇之母后）建春门院发愿，建于承安三年（1173），嘉禄二年（1226）毁于火，旧址似在今京都南禅寺境内。

③ 今上即当时的天皇，指后醍醐天皇（1288—1339），文保二年（1318）即位，元弘二年（1332）三月因北条氏迁隐岐，建武之治后，延元元年（1336）迁吉野，三年后殁于该地。

④ 即冷泉万里小路殿，在冷泉之北，万里小路之西。

⑤ 旧注为指春宫大夫藤原师信。橘纯一氏认为应指源具亲，权中纳言具俊之子，元亨三年（1323）任权大纳言，后在北朝任内大臣，兴国元年（1340）出家。一说嘉历三年（1328）出家，殁年不详。

曰："太子欲览恶紫之夺朱之文①，唯求之于书而不可得，乃嘱余检索，故余翻阅此书也。"

余答曰："此语当在九卷某某处。"

大纳言曰："嘻，可喜也！"因检出赴殿下之所。此等事虽童稚亦能为之，唯昔之人纵琐屑之事亦大肆自赞也。

后鸟羽院②询定家卿③，彼御制之歌"袖与袂同见于一首，是为不妥耶？"④

定家卿答曰："于歌有之，即'秋の野の草のたもとか花すすき穗に出でてまねく袖と見ゆらむ'⑤，固无碍也。"

彼于此等事亦详加记述，曰："于斯之时也，能引本歌为证，此乃歌道之光荣，余之高运也。"

九条相国伊通公⑥求官之款状，虽无关宏旨之事项亦悉记之，盖自赞也。

---

① 《论语·阳货》："子曰：'恶紫之夺朱也，恶郑声之乱雅乐也，恶利口之覆邦家者。'"

② 后鸟羽院是后鸟羽天皇逊位后的称呼。他想进行王政复古，但败于北条氏而迁至隐岐，后来便死于该地。他本人是著名歌人，曾敕定家等撰《新古今集》。

③ 定家卿即权中纳言藤原定家（1162—1241），俊成之子，镰仓初期一流歌人，又称京极中纳言、小仓黄门。撰《新古今集》《新敕撰集》，又工书，于古典校勘方面亦有贡献。

④ 因袖与袂二词是同义语，有重复之嫌。

⑤ 此歌载《古今和歌集·秋歌上》。作者为在原栋梁。歌词的大意是："黄茅的穗象是秋天原野上野草的袖子，看到它们在摇动，不禁联想到为了表达象内心的恋情而招手的袖子呢！"按歌中的たもと即相当袂字。

⑥ 伊通公即藤原伊通，永历元年（1160）任太政大臣，永万元年（1165）殁，年七十三。因其官邸在九条，故称九条相国。参见第五页注②。

一、常在光院①之钟铭为在兼卿②所撰，行房朝臣③清书者。方欲用之于铸型时，司其事者某入道持草④以示余，中有"花外送夕，声闻百里"之句。

余曰："铭用阳唐之韵，百里其有误乎⑤？"

入道曰："持以示君甚善，余之功也！"

乃以此意转告撰者。撰者曰："诚有误，可改为数行二字。"然数行二字何意，抑数步之意耶，则不得而知矣⑥。

一、余与众人赴三塔⑦巡礼。横川之常行堂⑧中有书为龙华院之旧额一方。堂僧郑重告余："书者为佐理⑨或行成⑩，闻尚不能

---

① 常在光院在今京都市东山区知恩院境内，为京都五山之一相国寺之末寺，为五山诸老退隐后之住所，今已不存。

② 在兼卿指正二位左大弁菅原在兼（1249—1321），在嗣之子，参议民部卿文章博士，仕伏见天皇至后醍醐天皇为侍读。

③ 行房朝臣指藤原行房（？—1337），行成之后，经尹之子，官至左近卫中将，名书法家，从后醍醐帝于隐岐，与新田义贞同战死于金崎城。

④ 草是钟铭的草稿。

⑤ 里为仄声四纸韵，与阳唐不叶，故谓有误。

⑥ 作者在这里的意思是：如行用为行走之行则是八庚之韵，仍与阳唐不叶，如用为行列之行，韵虽为七阳，但意思仍难讲通，如解释为数步，则亦觉牵强。因此笔者之本意为何，就难以知道了。

⑦ 比叡山分东塔、西塔、横川三部分，称三塔。

⑧ 常行堂也叫常行三昧院。以阿弥陀如来为本尊，为修念佛三昧（通过念佛得无上正果）之佛堂。人们常在一定时期闭居于此念诵阿弥陀佛，故称常三昧院。

⑨ 佐理即藤原佐理（944—998），左近卫少将藤原敦敏之子，参议兵部卿，名书法家。

⑩ 行成即藤原行成（972—1027），名书法家，官至大纳言。此二人与小野道风合称三迹。

确定。"

余答曰:"若为行成,背面当有署名,佐理则无。"

然背面尘封虫积甚为不洁,细心清扫后,行成位署①、名字、年号赫然在眼。众人皆叹服焉。

一、道眼上人②于那兰陀寺说法时,不记八灾③之名,乃曰:"孰知之?"弟子中无一人能应,余乃于局④中一一列举之,众人无不深为感佩焉。

一、余侍贤助僧正⑤赴加持香水之式⑥,式未终而僧正欲归,然至阵⑦外不见同来之僧都,乃遣众法师归觅之,久而始回,曰:"相同之法师甚多,故觅之不得。"

僧正因谓余曰:"甚可恼,祈为我寻之!"

余入僧众,旋即引之而来。

一、二月十五日⑧月明之夜更深之际,余独自一人赴千本之

---

① 位署即官阶。
② 道眼上人,参见第一五二页注②。
③ 此处指妨碍修行之八灾。八灾为忧、苦、喜、乐、寻、伺、出息、入息。寻与伺表示要求知道某事的思想动态。寻是初步阶段,伺是深入阶段。按《俱舍论·二十八》:"第四静虑名不动者,无灾患故。灾患有八,其八者何?寻、伺、四受、入息、出息。"所谓四受即身受之苦乐与心受之忧喜是也。
④ 局是有帘并与其他部分隔开的特别听讲席。
⑤ 贤助僧正是洞院太政大臣藤原公守之子,正和四年(1315)任大僧正,东寺之阿阇黎(轨范师),后为醍醐三宝院之座主。他是作者同时人,长作者三岁。
⑥ 佛教真言密教的一种祈祷式。主事者于唱陀罗尼之修法坛上撒布供佛之香水,以洗行者之心并使起菩提心。
⑦ 保卫法事的侍卫所列的队形叫阵。
⑧ 二月十五日为释迦入灭(去世)之日,是日举行涅槃会。

寺①。余深遮己颜，自后而入，正谛听间，有上品之女，姿貌之韵皆出常人，伊分众而入，来余膝前，其香气不时来袭。余以不便，乃自退身，然而女复进，余乃复退，终至起立。

后余与某御所②年老之女官闲谈时，伊便中述及此事，曰："有谓君毫无欲心③而轻蔑之者，亦有谓君无情而怨恨之者。"

余对曰："余实一无所知。"对话至此遂止。

此事据日后所闻，盖于彼听法之夜，御局中有人见余来，特盛饰一侍女使来余处，并告之曰："得便亦可交谈，归而述彼之情状，定甚有趣也！"

由是观之，是有意恶作剧也。

第二三九段

八月十五日、九月十三日为娄宿④，此宿清明，故其夜为赏月之良夜也。

---

① 千本之寺，参见第一九一页注⑥。即千本释迦堂，也就是大报恩寺。
② 此处指禁中、皇宫。
③ 毫无欲心指不好女色。
④ 我国古天文学分周天星座为二十八宿，四方各七宿，娄宿为西方之一宿。每年自元旦讫除夕以二十八宿当之。八月十五日与九月十三日当娄宿。八月十五日之月称名月；九月十三日之月称后月，此夜据说源于宇多天皇。

第二四〇段

恋事畏为人见，暗夜耳目又多，而于此时也强欲一行之恋心甚切，如是则终生难忘之诸事亦多矣①。若得父母兄弟之许诺，公然前往迎娶，必大为扫兴也。

困于生计之女子虽不相配之老法师或卑贱之乡民，亦因慕其财富，曰："但能奉箕帚。"而中人复美言两造，遂迎娶不识不知之人，实为不堪也。

如此夫妇之间有何事可言？唯互诉往年恋爱之苦辛与夫不顾艰难险阻而必求一会之情状，始可谓味深而言无尽也。

凡经他人撮合而结成之夫妇实为可厌且多不快之事。品贱、貌寝且年老之男子与姣好女子相配，当谓"如斯美女竟为余之贱躯充下陈，思之令人不快"，且品貌既不如人，而以己身与之相对，愈有自惭形秽之感，甚无味也。

或于梅花放香、月色朦胧之夜伫立女侧，或身沾御垣之侧草上之露，乘晓月而归，苟无此等经历可供追忆，未若不溺于恋情为佳也。

---

① 原文此处是用地名谐音的双关语，如信夫（しのぶ）（在福岛县）谐しのぶ（偷偷地怕人看见），海松布（みるめ）谐"見る目"（观看的眼睛），暗部（くらぶ）为鞍马山之古名，谐"くらし"（暗），等等。按原文为：しのぶの浦の蜑のみるめもところせく、くらぶの山ももる人しげからむに、わりなく通はむ心の色こそ浅からずあはれと思ふふしぶしの忘れ難き事も多からめ。

第二四一段

望月之圆满片刻不住，转瞬即亏。不留心以观者即不得见一夜中变化之情状。

重病之状态亦非常住，时刻嬗变乃至濒临死期。然而病非危笃，未至于死，此时乃习于平生常住之念，而思于存命中成就多事，然后再静修佛道，遂至罹病而临死门，所愿者竟一事无成，乃自忖何以如此无能，而悔年来之懈怠，因思此次若得痊愈，全此一命，当日夜以精进勇猛之心成就此事彼事；然虽发此愿，忽焉病笃，神志不清，举措昏乱，终以致死。此间唯此类人居多也。

于此事也，众人先应急速牢记之。

若所愿成就后始欲以余暇转向佛道，则所愿之事固无尽也。于此如幻之一生中，所为者何事耶？一切所愿皆妄想也。所愿心起，须知是为妄心迷乱，虽一事亦不当为。唯立即放下万事，心向佛道，了无障碍，一无所为，心身始长保宁静也。

第二四二段

人生而始终劳心于顺逆两境，唯苦乐故耳。乐者爱好之事，人求之无已时。人之所乐欲者，一为名；名有二种，行迹①与才艺之名是也。二为色欲。三为食欲。

人之愿望千万种，而以此三者为最。此皆起于颠倒之相②，种种烦恼由此而生，未若舍而不求为善也。

第二四三段

余年八岁时问父③，曰："佛者何物？"

父答曰："佛者人所成者也。"

又问曰："人如之何始可成佛？"

父又答曰："遵佛之教诲即可成佛。"

又问曰："教人之佛，孰所教者？"

又答曰："是其先之佛所教者。"

又问曰："然而始教之第一之佛是如何之佛耶？"

父笑曰："或降自空，或涌自地，亦未可知。"

---

① 行迹此处指品德。

② 颠倒之相，佛教用语，意为把事情看颠倒了，如把虚幻看成是实在的事物等等。《俱舍论·十九》："颠倒总有四种：一于无常执常颠倒；二于诸苦执乐颠倒；三于不净执净颠倒；四于无我执我颠倒。"

③ 作者之父卜部兼显，官至治部少辅，兼好为其第三子。按治部省为太政官八省之一，掌五位以上之继嗣、娶姻、祥瑞、丧葬、赠赙、国忌、避讳以及外藩之朝聘、族姓席次之争讼等等。

日后父尝于兴会中语众人曰："追问至此终不能答也。"①

---

① 按本段后有庆长癸丑（1613）仲秋日黄门光广之跋文，原文（汉文）如下：
"这两帖（因本书原分上下两卷——译者），吉田兼好法师燕居之日徒然向暮染笔写情者也。顷泉南亡羊处士箕踞洛之草庐而谈李老之虚无，说庄生之自然，且以晦日对二三子戏讲焉。加之后将书以命于工，镂于梓而付夫二三子矣。越句读清浊以下俾予纠之。予坐好其志忘其丑，卒加校订而已，后恐其有遗逸也。"

汉译文学名著

第一辑书目（30种）

伊索寓言	〔古希腊〕伊索著	王焕生译
一千零一夜		李唯中译
托尔梅斯河的拉撒路	〔西〕佚名著	盛力译
培根随笔全集	〔英〕弗朗西斯·培根著	李家真译注
伯爵家书	〔英〕切斯特菲尔德著	杨士虎译
弃儿汤姆·琼斯史	〔英〕亨利·菲尔丁著	张谷若译
少年维特的烦恼	〔德〕歌德著	杨武能译
傲慢与偏见	〔英〕简·奥斯丁著	张玲、张扬译
红与黑	〔法〕斯当达著	罗新璋译
欧也妮·葛朗台 高老头	〔法〕巴尔扎克著	傅雷译
普希金诗选	〔俄〕普希金著	刘文飞译
巴黎圣母院	〔法〕雨果著	潘丽珍译
大卫·考坡菲	〔英〕查尔斯·狄更斯著	张谷若译
双城记	〔英〕查尔斯·狄更斯著	张玲、张扬译
呼啸山庄	〔英〕爱米丽·勃朗特著	张玲、张扬译
猎人笔记	〔俄〕屠格涅夫著	力冈译
恶之花	〔法〕夏尔·波德莱尔著	郭宏安译
茶花女	〔法〕小仲马著	郑克鲁译
战争与和平	〔俄〕列夫·托尔斯泰著	张捷译
德伯家的苔丝	〔英〕托马斯·哈代著	张谷若译
伤心之家	〔爱尔兰〕萧伯纳著	张谷若译
尼尔斯骑鹅旅行记	〔瑞典〕塞尔玛·拉格洛夫著	石琴娥译
泰戈尔诗集：新月集·飞鸟集	〔印〕泰戈尔著	郑振铎译
生命与希望之歌	〔尼加拉瓜〕鲁文·达里奥著	赵振江译
孤寂深渊	〔英〕拉德克利夫·霍尔著	张玲、张扬译
泪与笑	〔黎巴嫩〕纪伯伦著	李唯中译
血的婚礼——加西亚·洛尔迦戏剧选	〔西〕费德里科·加西亚·洛尔迦著	赵振江译
小王子	〔法〕圣埃克苏佩里著	郑克鲁译
鼠疫	〔法〕阿尔贝·加缪著	李玉民译
局外人	〔法〕阿尔贝·加缪著	李玉民译

汉译文学名著

第二辑书目（30种）

枕草子	〔日〕清少纳言著	周作人译
尼伯龙人之歌	佚名著	安书祉译
萨迦选集		石琴娥等译
亚瑟王之死	〔英〕托马斯·马洛礼著	黄素封译
呆厮国志	〔英〕亚历山大·蒲柏著	李家真译注
波斯人信札	〔法〕孟德斯鸠著	梁守锵译
东方来信——蒙太古夫人书信集	〔英〕蒙太古夫人著	冯环译
忏悔录	〔法〕卢梭著	李平沤译
阴谋与爱情	〔德〕席勒著	杨武能译
雪莱抒情诗选	〔英〕雪莱著	杨熙龄译
幻灭	〔法〕巴尔扎克著	傅雷译
雨果诗选	〔法〕雨果著	程曾厚译
爱伦·坡短篇小说全集	〔美〕爱伦·坡著	曹明伦译
名利场	〔英〕萨克雷著	杨必译
游美札记	〔英〕查尔斯·狄更斯著	张谷若译
巴黎的忧郁	〔法〕夏尔·波德莱尔著	郭宏安译
卡拉马佐夫兄弟	〔俄〕陀思妥耶夫斯基著	徐振亚、冯增义译
安娜·卡列尼娜	〔俄〕列夫·托尔斯泰著	力冈译
还乡	〔英〕托马斯·哈代著	张谷若译
无名的裘德	〔英〕托马斯·哈代著	张谷若译
快乐王子——王尔德童话全集	〔英〕奥斯卡·王尔德著	李家真译
理想丈夫	〔英〕奥斯卡·王尔德著	许渊冲译
莎乐美 文德美夫人的扇子	〔英〕奥斯卡·王尔德著	许渊冲译
原来如此的故事	〔英〕吉卜林著	曹明伦译
缎子鞋	〔法〕保尔·克洛岱尔著	余中先译
昨日世界：一个欧洲人的回忆	〔奥〕斯蒂芬·茨威格著	史行果译
先知 沙与沫	〔黎巴嫩〕纪伯伦著	李唯中译
诉讼	〔奥〕弗兰茨·卡夫卡著	章国锋译
老人与海	〔美〕欧内斯特·海明威著	吴钧燮译
烦恼的冬天	〔美〕约翰·斯坦贝克著	吴钧燮译

汉译文学名著

第三辑书目（40种）

埃达	〔冰岛〕佚名著　石琴娥、斯文译
徒然草	〔日〕吉田兼好著　王以铸译
乌托邦	〔英〕托马斯·莫尔著　戴镏龄译
罗密欧与朱丽叶	〔英〕莎士比亚著　朱生豪译
李尔王	〔英〕莎士比亚著　朱生豪译
大洋国	〔英〕哈林顿著　何新译
论批评　云鬈劫	〔英〕亚历山大·蒲柏著　李家真译注
论人	〔英〕亚历山大·蒲柏著　李家真译注
亲和力	〔德〕歌德著　高中甫译
大尉的女儿	〔俄〕普希金著　刘文飞译
悲惨世界	〔法〕雨果著　潘丽珍译
安徒生童话与故事全集	〔丹麦〕安徒生著　石琴娥译
死魂灵	〔俄〕果戈理著　郑海凌译
瓦尔登湖	〔美〕亨利·大卫·梭罗著　李家真译注
罪与罚	〔俄〕陀思妥耶夫斯基著　力冈、袁亚楠译
生活之路	〔俄〕列夫·托尔斯泰著　王志耕译
小妇人	〔美〕路易莎·梅·奥尔科特著　贾辉丰译
生命之用	〔英〕约翰·卢伯克著　曹明伦译
哈代中短篇小说选	〔英〕托马斯·哈代著　张玲、张扬译
卡斯特桥市长	〔英〕托马斯·哈代著　张玲、张扬译
一生	〔法〕莫泊桑著　盛澄华译
莫泊桑短篇小说选	〔法〕莫泊桑著　柳鸣九译
多利安·格雷的画像	〔英〕奥斯卡·王尔德著　李家真译注
苹果车——政治狂想曲	〔爱尔兰〕萧伯纳著　老舍译
伊坦·弗洛美	〔美〕伊迪斯·华尔顿著　吕叔湘译
施尼茨勒中短篇小说选	〔奥〕阿图尔·施尼茨勒著　高中甫译
约翰·克利斯朵夫	〔法〕罗曼·罗兰著　傅雷译
童年	〔苏联〕高尔基著　郭家申译
在人间	〔苏联〕高尔基著　郭家申译
我的大学	〔苏联〕高尔基著　郭家申译

地粮	〔法〕安德烈·纪德著	盛澄华译
在底层的人们	〔墨〕马里亚诺·阿苏埃拉著	吴广孝译
啊,拓荒者	〔美〕薇拉·凯瑟著	曹明伦译
云雀之歌	〔美〕薇拉·凯瑟著	曹明伦译
我的安东妮亚	〔美〕薇拉·凯瑟著	曹明伦译
绿山墙的安妮	〔加〕露西·莫德·蒙哥马利著	马爱农译
远方的花园——希梅内斯诗选	〔西〕胡安·拉蒙·希梅内斯著	赵振江译
城堡	〔奥〕弗兰茨·卡夫卡著	赵蓉恒译
飘	〔美〕玛格丽特·米切尔著	傅东华译
愤怒的葡萄	〔美〕约翰·斯坦贝克著	胡仲持译

图书在版编目（CIP）数据

徒然草 /（日）吉田兼好著；王以铸译. — 北京：商务印书馆，2022（2023.9重印）
（汉译世界文学名著丛书）
ISBN 978-7-100-21349-3

Ⅰ.①徒… Ⅱ.①吉… ②王… Ⅲ.①随笔—作品集—日本—中世纪 Ⅳ.①I313.63

中国版本图书馆CIP数据核字（2022）第115575号

权利保留，侵权必究。

汉译世界文学名著丛书
徒然草
〔日〕吉田兼好 著
王以铸 译

商 务 印 书 馆 出 版
（北京王府井大街36号 邮政编码100710）
商 务 印 书 馆 发 行
北京通州皇家印刷厂印刷
ISBN 978-7-100-21349-3

2022 年 9 月第 1 版	开本 850×1168 1/32
2023 年 9 月北京第 2 次印刷	印张 7⅛

定价：45.00元